こどものための

テンペスト

The Tempest

For Kids

ロイス・バーデット
Lois Burdett
鈴木扶佐子 訳

Art Days

はじめに

与えられた課題に挑み、みごと目標を達成する生徒たち。小学校の教壇に立つ私は、その姿を毎日驚きの目で見つめています。カナダ、オンタリオ州ストラットフォードのハムレット・スクール２年生を担任する私は、生徒たちの子供らしい素直さ正直さに、日々感動をおぼえずにはいられないのです。

私がシェイクスピアの作品を授業に取り入れるようになってから、はや20年以上がたちました。私の生徒たちにとって、シェイクスピアは近寄りがたい大詩人ではありません。一人の親しい友だちです。作品はどれも胸をわくわくさせてくれる楽しいお話です。まちがっても、いやいや取り組まなければならない勉強ではないのです。いっぽう私にとってシェイクスピアは、目標に到達するための手段だといえましょう。シェイクスピアの生き方と作品は、子供たちの言語の発達を促すための効果的な手段となっています。

本書の挿絵はハムレット・スクールの２年から６年の生徒たちが描いた絵です。本文は子供たちが喜ぶ韻文でまとめました。私と生徒たちの続けてきた活動が、この本を通して少しでも皆さまのお役に立つことを願っています。

カナダ・オンタリオ州ストラットフォードにて

ロイス・バーデット

登場人物
THE CHARACTERS

島の住人
The Island

プロスペロー(正統なミラノ大公)
PROSPERO

ミランダ(プロスペローの娘)
MIRANDA

エアリアル(プロスペローに仕える妖精のリーダー)
ARIEL

キャリバン(化け物)
CALIBAN

アイリス(虹の女神)
IRIS

シーリーズ(実りの女神)
CERES

ジュノー(空の女神)
JUNO

水の精(妖精)
NYMPHS

草を刈る農夫(妖精)
REAPERS

王室
The Court

アントーニオ(プロスペローの弟)
ANTONIO

アロンゾー(ナポリ王)
ALONSO

ファーディナンド(アロンゾーの息子)
FERDINAND

セバスチャン(アロンゾーの弟)
SEBASTIAN

ゴンザーロー(信頼できる顧問官)
GONZALO

ステファノー(アロンゾーの酒を管理する家来)
STEPHANO

トリンキュロー(アロンゾーのお抱え道化師)
TRINCULO

船の乗組員
The Crew

マスター(船長)
MASTER

ボースン(水夫長)
BOATSWAIN

水夫(船の乗組員)
MARINERS

Elly Vousden (age 8)

つくえの前にすわると、早く書いてとペンがさいそくします。
頭の中にあふれる言葉が、外に出たいと大さわぎ。
さあ、魔法のお話のはじまりです。
幕開けはひどいあらしの場面です。
30以上のお話をこれまで書いてきましたが、
これがわたしの最後の話。みなさん、どうぞごゆっくりお楽しみください。

As I sit at my desk, my pen beckons me,
Words swirl in my mind and ache to be free.
A tale of magic begins to take seed,
With a raging storm, a tempest indeed.
More than thirty plays, I've written in the past.
So enjoy, my good friends. This is one of my last.

ℓ.1 beckon 手招きする, 誘う　2 swirl うずをまく　ache ～したくてうずうずする　3 seed 種, (ものごとの)もと　4 raging 荒れ狂う　tempest 大あらし

それでは、ヨーロッパへとご案内しましょう。舞台はイタリアの海のかなた。
もうすぐ魔法使いプロスペローが現れて、お話をしてくれます。
プロスペローを待つあいだに、ちょっと下のほうを見てください。
あそこに見える船は今にもしずみそう。
荒れくるう海の中で木の葉のようにゆれています。
あらしは怒りに身をふるわせ、力まかせにあばれまわります。
風は恐ろしいうなり声をあげ、炎が船をつつみます。
あらしのすさまじい風の中で、船の帆がはためき、ねじれ、からみ合います。
「水夫たちに気合いをかけろ」船長は必死です。
「上の帆をおろせ！」
水夫長がわめきます。

Katie Besworth (age 8)

I convey you to Europe, off Italy's coast,
A sorcerer, Prospero, will soon be your host.
As we wait his arrival, cast down your eyes,
The ship below us is near its demise.
It tosses and heaves in the frenzied sea,
The storm boils with anger, wild as can be.
The wind howls in fury. Flames smother the ship.
Sails twist and tangle in the tempest's grip.
"Speak to the mariners," the captain implored.
"Take in the topsail!" the boatswain roared.

ℓ.1 convey 運ぶ off (岸などの)沖に 2 sorcerer 魔法使い host (客をもてなす)主人役 3 arrival 到着 cast down (目を)下に向ける 4 below ～より下に demise 死亡 5 toss 上下にゆれる heave うねる frenzied 狂暴な 6 boil かっとなる anger 怒り as can be とても～である 7 howl (風が)うなる fury はげしい怒り flame 炎 smother つつんでしまう 8 twist ねじれる tangle からまる grip つかむ力 9 mariner 水夫,船員 implore 熱心に頼む 10 take in (帆を)たたむ boatswain (船の)甲板長 roar どなる

そこへやって来たのはナポリ王のアロンゾー。
なにごとが起きたかと、あわてててようすを見に来たのです。
アロンゾーは水夫たちに命令します。「早くなんとかしろ。
わたしをだれだと思っている？」
水夫長は王さまだからといって遠慮などしません。大声できっぱりとこう言います。
「波は王さまにだって手加減しませんよ。仕事のじゃまをしないでください」
王子のファーディナンドもおびえきっています。
あわてふためいて甲板でころんだり、
王の弟セバスチャンと
抱きあってふるえたり。
ミラノ大公のアントーニオと
顧問官ゴンザーローも
今にも海に投げ出されるかと
気が気ではありません。

Elly Vousden (age 8)

Then Alonso, King of Naples, came along.
He hurried to see what had gone wrong.
He bellowed to the sailors, "Do something!
Must I remind you that I am the King?"
The boatswain shouted without a second thought,
"Waves care not for kings. Trouble us not!"
Ferdinand, the Prince, was also in dismay,
As he stumbled on deck in disarray.
He and Sebastian, the King's younger brother,
Trembled and clung to one another.
Antonio, Duke of Milan and Gonzalo, a lord,
Feared they'd be washed overboard.

ℓ.2 hurry あわてて行く go(gone) wrong 調子が狂う 3 bellow どなる 4 remind 思い出させる 5 shout さけぶ second thought 考えなおすこと 6 care not for = do not care for 気にかけない Trouble us not = Don't trouble us めいわくをかける 7 in dismay おびえて 8 stumble つまずく in disarray 取り乱して 10 tremble 身ぶるいする cling(clung) しがみつく 11 duke 公爵 lord 貴族 12 overboard (船から)水中へ they' d = they would

はげしくゆれ動く船の上で水夫たちがさけびます。
「もうだめだ！　祈ろう。祈るしかない。絶体絶命だ！
神さま、どうかお助けください。われらの命をおあずけします。
これでおさらばだ。船がこわれる。難破する。ばらばらになるぞ！」
帆柱とロープがはげしくゆれて、大きな帆が裂けました。
舵は折れて見張り台もかたむきます。
耳をつんざくような音とともに、ついに帆柱がたおれました。
全員がすぐにも海に投げ出されることでしょう。
悲しい運命をせおった船が、暗い波間にしずんでいきます。
岸辺の岩の上から、このようすを見ている
人間が２人いました。
１人はプロスペロー。このあらしを
引き起こした魔法使い。
もう１人はプロスペローの娘ミランダ。
15歳の少女です。

Sophie Jones (age 9)

The mariners cried as they tilted and tossed,
"All lost! To prayers, to prayers! All lost!
Mercy on us! Our lives we submit.
Farewell! We split, we split, we split!"
The rigging trembled, the main sail ripped,
The rudder broke, the crow's-nest tipped.
With an ear-splitting crack the mast fell down.
Within minutes, it seemed, every soul would drown.
Beneath the dark waves the doomed boat sank.
Two figures watched from the rocky bank.
'Twas Prospero, the enchanter in control of this scene,
And his daughter, Miranda, a girl of fifteen.

ℓ.1 tilt 上下にゆれる　toss ころげまわる　2 lost もうだめだ　prayer 祈り　3 Mercy on us! われらをお助けください　submit 言いなりになる　Our lives ～ = We submit our lives　4 farewell さようなら　split (船が)難破する　5 rigging 帆, 帆柱, ロープなどの総称　rip 裂ける　6 rudder (船の)舵　crow's-nest マスト上の見張り台　tip かたむく　7 ear-splitting 耳をつんざくような　crack (ものがこわれる)鋭い音　fall(fell) down たおれる, 落ちる　8 soul 人間　drown おぼれる　9 beneath ～の下に　doomed 悲しい運命をたどる(船)　sink(sank) しずむ　10 figure 人影　rocky 岩の多い　bank 川岸, 土手　11 enchanter 魔法使い　in control of 思いのままに動かして　scene 現場　'Twas = It was　12 daughter 娘

ミランダは深く心をいためます。
「このあらしの海の中にみんな
消えてしまったわ。
お父さま、なんとむごいことを！
魔法を使ってこの恐ろしい
さわぎを引き起こしたのですね。
立派な船も魔法の力で
こなごなにこわれてしまいました。
ああ、わたしの胸に助けてとさけぶ声が
つきささります。
かわいそうな人たち。みんな死んでしまった」
そう言って深いため息をつきます。
「落ち着きなさい」プロスペローがなだめます。
「わたしがすることは、すべておまえを思って
のことだ。この服をぬぐから手をかしてくれ」

Megan Vandersleen (age 10)

Miranda wailed in complete despair,
"They've all vanished in the storm out there.
My dearest father, your magic I deplore,
If you have caused this terrible uproar.
A brave vessel dashed all to pieces by your art,
Oh, the cry did knock against my very heart!
Poor souls, they perished!" Miranda sighed.
"Collect yourself!" Prospero replied.
"I have done nothing but in care of thee,
Lend thy hand and pluck my magic garment from me."

ℓ.1 wail なげき悲しむ complete 完全な in despair 絶望して 2 vanish 消える out there あそこで 3 dearest 最愛の deplore 残念に思う your magic ～ = I deplore your magic 4 cause 引き起こす terrible 恐ろしい uproar さわぎ 5 brave りっぱな vessel 船 dash ぶつかる to pieces ばらばらに art 技術, わざ 6 knock against つきあたる very そのものずばりの 7 perish 死ぬ sigh ため息をつく 8 collect yourself 心を落ち着ける reply(replied) 答える 9 have done nothing but ～しているだけだ care 気がかり thee = youの古い言い方 10 lend 貸す thy = yourの古い言い方 pluck ぐいと引っぱる garment 衣服

「ついに話す時が来たようだ」プロスペローが言います。
「おまえの生い立ちを明かす時が」
魔法使いプロスペローの頭につらい思い出が次々とよみがえります。
「12年前のことをおぼえているか？」
「そんな昔のことは、まるで夢のようにかすんでいるわ」とミランダはつぶやきます。
「たしか４、５人の女の人がわたしの世話をしていたかしら」
「そのとおり。だが召使いは４人どころかもっと大勢いた。おまえは何不自由なく育った。
おまえの父はミラノ大公だったのだ」プロスペローは打ち明けます。
「強い権力を持った君主だった」プロスペローの表情がしだいにきびしくなります。
「ではあなたは、わたしの実のお父さまではないのですか？」ミランダははらはらしてたずねます。
プロスペローは言いふくめます。「いいか、全身を耳にして聞きなさい。
わたしの言いつけ通り、耳をすませてよく聞くのだ。
わたしはミラノ大公として注意おこたりなく国を治めていた。
そしておまえはその国の姫。わたしのただ１人の世継ぎだ」

"The time," said Prospero, "has come at last
To tell you the story of your past."
For the sorcerer, harsh images began to flow,
"Do you remember what happened twelve years ago?"
"'Tis far off," sighed Miranda, "like a dream you see.
Had I several women attending me?"
"You had, and more. Every need was provided,
Thy father was the Duke of Milan!" he confided.
"A prince of power!" Prospero's face grew intense.
"Sir, are not you my father?" Miranda cried in suspense.
Prospero cautioned his daughter, "Open thine ear,
Obey and be attentive, and you shall hear.
I was Milan's Duke, and ruled with care.
You were a princess and my only heir."

Callyn Vandersleen (age 10)

ℓ.3 sorcerer 魔法使い harsh 不快な 4 happen 起こる 5 far off ずっと遠くに 'Tis = It is 6 attend 仕える 7 need 要求, 必要なもの provide (必要なものを)用意する 8 confide 打ち明ける 9 intense 真剣な, 緊張した 10 Sir ＊男性に対するていねいな呼びかけ are not you ～? = are you not ～? in suspense はらはらして 11 caution 注意する thine ＊母音やhで始まる語の前ではthyと同じくyourの意 12 obey 言うことに従う attentive 注意して(聞く) shall ～しなさい 13 with care 慎重に 14 heir あとつぎ, 後継者

「でもお父さま、わたしには理解できません。
わたしたちは、なぜミラノをはなれたの？　なにか悪だくみでもあったのですか？」
プロスペローはけわしい顔で大海原を見つめます。
「わたしの弟アントーニオがわたしを毛嫌いするようになった。
野望が弟を腹黒い男に変えてしまった。
やつは大公の地位と権力を手にしたかったのだ。
国を治めることは、わたしのほんとうの願いではなかった。
ただひとつの望みはゆっくり本を読むことだった。
わたしは国の政治を弟にまかせた。
すると、やつはわたしたちを海でおぼれ死ぬ運命へと追いやったのだ。

Elly Vousden (age 8)

"Dear father! I don't understand what you say.
Why did we leave? Was there foul play?"
Prospero stared angrily out to sea,
"My brother, Antonio, detested me.
Ambition had turned his affection sour,
He desired my position and ultimate power.
To be in charge was never my great need,
My only wish was to sit and read.
I trusted him with affairs of state,
But he would send us to a watery fate."

ℓ.2 leave 去る　foul 不正な　play 計略　3 stare じっと見つめる　angrily 怒って　4 detest ひどくきらう　5 ambition 野心　turn ～を～にする　affection 情愛　sour 険悪な　6 desire 望む　ultimate 最高の　7 be in charge 管理している　9 trust ～ with 預ける　affairs of state 国政　10 watery 水中の　fate 運命

プロスペローはいったん話を切ります。「ミランダ、聞いているか？」
ミランダは答えます。「はい、ひとつも聞きのがすまいと」
プロスペローはまた話しつづけます。「おまえのおじのアントーニオは血も涙もないやつだ。
アントーニオはわたしを無能なおろか者と決めつけて
ナポリ王アロンゾーに、そう信じこませた。
そして2人はぐるになり、おそるべきことを
たくらんだ。
弟は自分がミラノ公になるために、
ナポリ王に協力をたのんだのだ。
おお、実の弟がこれほど見下げはてた
やつだったとは。
弟はずっとわたしの味方の
ふりをしていたのだ。
ナポリ王アロンゾーは前から
わたしの敵だった。
だからこそ、すぐに
アントーニオのたのみを聞き入れた」

Prospero

Ashley Kropf (age 10)

Prospero paused, "Are you listening to me?"
Miranda replied, "Sir, most heedfully."
Her father continued, "Your uncle was cruel.
He thought I was an incompetent fool.
With Alonso, King of Naples, he shared this thought,
And together they hatched a terrible plot.
Oh, that a brother could be so vile,
Pretending he loved me all the while.
Alonso was also an enemy to me,
And he quickly agreed to my brother's plea."

ℓ.1 pause ひと息いれる 2 heedfully 注意深く 3 continue 続ける cruel 残酷な 4 incompetent 役に立たない 5 share 伝える 6 hatch (計画などを)たてる plot たくらみ 7 that (驚き,残念な気持ちで)～とは vile 卑劣な 8 pretend ふりをする all the while その間ずっと,始終 10 agree 同意する plea 熱心な頼み

プロスペローはつらい思いにたえかねたように深いため息をつきました。
やがてプロスペローは低い声で話しはじめます。
「あの運命の夜、床についたとき
わたしの心はとてもおだやかだった。
弟たちのねたみ、憎しみの気持ちなど思いもよらぬことだった。
その夜、あのよこしまな弟がミラノ城の門を開け放ったので
ナポリ軍はやすやすと城に入れた。
ナポリ軍兵士たちは夜の闇にまぎれ、足音を
しのばせてわたしの寝室へ押し入った。
目をさますと、恐ろしい運命がわたしを
待ちうけていたのだ」

Prospero took a deep breath, as if in pain,
Then in a low voice, he spoke once again.
"That fateful evening I retired to bed,
With nothing but peaceful thoughts in my head.
I was unprepared for their jealousy and hate,
As my evil brother unlocked Milan's gate.
An army from Naples arrived that night.
Under cover of darkness they stole into sight.
The soldiers forced their way into my room,
And I awoke to confront my doom."

Kimberly Brown (age 11)

ℓ.1 take(took) a deep breath 深呼吸する in pain なやんで 3 fateful 不吉な retire 床につく 4 nothing but ただ〜だけ 5 unprepared 覚悟ができていない jealousy ねたみ hate 憎しみ 6 evil 悪い unlock かぎを開ける 8 under cover of 〜 〜にまぎれて steal(stole) しのびこむ into sight 見えてくる 9 force their way おしわけて進む 10 awake(awoke) 目がさめる confront 立ち向かう doom 死, 運命

「おじさまがさし向けた兵士たちは、なぜ
その場でわたしたちを殺さなかったの？」ミランダはたずねます。
プロスペローは答えます。「さすがのやつらもそこまではできなかった。
わたしが国民から深く愛されていたからだ。
おまえとわたしはベッドからひきずりだされ、ひそかに小舟に乗せられた。
浮かぶのもおぼつかぬ壊れかけた舟だ。
やつらはわたしの腕におまえを押しつけ
舟を沖へと押しだした。
おお、かわいいミランダ、その時おまえはわずか３歳。
幼いおまえとわたしは荒海へと追いやられた。
帆も帆柱もない舟に置き去りにされ、待っているのは死だけ。
ねずみでさえ逃げだすような舟だった」そう言ってまた
ため息をつきます。

Anika Johnson (age 8)

"Why didn't these soldiers my uncle hired,
Destroy us at once?" Miranda inquired.
Prospero replied, "They dared not, you see,
My people had too much love for me.
We were pulled from our beds and smuggled to a boat,
A rotten carcass, that could hardly float.
Into my arms they forced you, my daughter,
Then pushed the boat into the water.
Oh dear Miranda, you were no more than three
When they thrust us upon the cruel sea.
With no sail or mast, we were left to die,
Even the rats deserted," he said with a sigh.

ℓ.1 hire やとう　2 destroy 殺す　at once すぐに　inquire 問う　3 dare 思いきって〜する　5 (were) smuggled こっそり持ち出される　6 rotten くさりかけた　carcass 残がい,（船などの）骨組み　hardly 満足に〜しない　float 浮く　7 force（人,ものを）押しつける　9 no more than わずか,たった　10 thrust 押しやる　12 rat ねずみ　desert 脱走する

「だが心清きゴンザーローがわたしたちをあわれに思い
その夜に食べる物を舟につみこんでくれた。
そうだ。水や立派な服もあった。
それにわたしがいちばん大事にしていた魔法の本も。
われわれの乗った小舟は波に流され岸をはなれ、
陸地はすぐに見えなくなった」
ミランダは泣きだします。「さぞわたしが足手まといだったことでしょうね」
プロスペローは首をふります。「おまえがいたからこそがんばれたのだ。
かわいい娘よ、おまえの微笑みがわたしのなぐさめだった。
運命に立ち向かう力を与えてくれたのはおまえなのだよ」

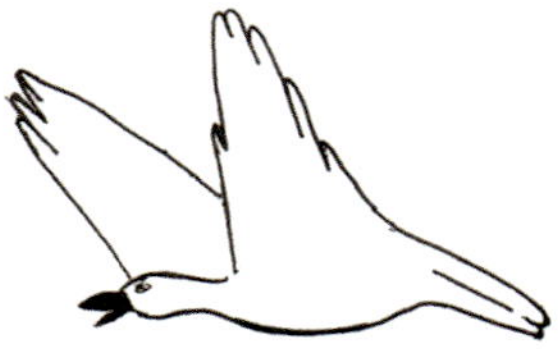

Shannon Campbell (age 10)

"But the noble Gonzalo took pity on our plight,
And stocked our boat with food for that night.
Fresh water and rich garments, too, I recall,
And my books of magic, which I valued most of all.
Waves drove our little boat from shore,
And soon the land was seen no more."
Miranda cried, "What trouble was I then to you!"
Prospero answered, "You pulled me through.
My little cherub, your smile was my hope.
You gave me the strength I needed to cope."

ℓ.1 noble 気高くけがれがない take pity on 気の毒に思う plight 苦しい状態 2 stock ～ with ～に～をたくわえる 3 recall 思い出す 4 value 大切にする most of all なによりも 5 drive(drove) 押し流す shore 岸 6 no more もう～しない 7 trouble やっかいごと 8 pull through (困難を)切りぬけさせる 9 cherub 美しいこども 10 strength 強さ，力 cope 立ち向かう

プロスペローは立ち上がって言います。「じっと座って聞きなさい。
海上で味わったいくたの苦しみ。その結末を聞けばすべてがわかるだろう。
こうして生きながらえたこと。これは、われわれの運命だったのかもしれぬ。
あるいは生き延びようとする意志の力かもしれない。
いずれにせよ、舟が岩にのりあげた時、わたしたちは
目の前にある島の美しさに心をうばわれてしまった。
それから12年間、この海辺で生きてきた。
わたしたちのほかには、１人の人間もいない。
わたしはこの静かな無人の島で、
おまえに心をこめて学問を教えてきた」
「お父さま、ほんとうに
ありがとう。でも聞か
せてください。
なぜこんなあらしを
引き起こしたのです
か？」

Elly Vousden (age 8)

Prospero arose, "Sit still, and hear,
The last of our sea-sorrow, then all will be clear.
Perhaps it was fate that kept us alive,
Or maybe it was the will to survive!
Whatever it was when our boat ran aground,
The paradise we saw held us spellbound.
For twelve years we've lived here by the sea,
With no other human company.
And on this deserted island serene,
Have I thy loving schoolmaster been."
"Thank you, Father, but please explain,
Why you raised this hurricane."

ℓ.1 arise(arose) 立ち上がる　sit still じっと座っている　2 sorrow 悲しみ　clear 明らかな　3 it was fate that ～ ＊fate を強調する文　alive 生きている　4 will 意志　survive 生き残る　5 whatever なんであろうとも　run (ある状態に)なる　aground 浅瀬にのりあげて　6 paradise 天国,楽園　hold (ある状態に)しておく　spellbound うっとりした　8 human 人間の　company 仲間　9 deserted 人の住まない　serene 静かな　island serene = serene island　10 loving 愛情にみちた　schoolmaster 男の先生　Have I ～ = I have been thy loving schoolmaster.　11 explain 説明する　12 raise 引き起こす　hurricane 大あらし

プロスペローは答えます。「まことに奇妙なめぐりあわせだが
今日はわれわれにとって、あらたな出発の日となるだろう。
わたしの弟アントーニオとナポリ王はそろって
王室の船でミラノへもどるところだった。
だが船はわたしの起こしたあらしにおそわれた。
こうなるとやつらはわたしの思うがままだ。
もうこれ以上、聞かないでくれ。おまえも眠いだろう」
プロスペローはそう言って、魔法の力でミランダを
深い眠りにさそいます。
それからプロスペローは「おい、召使い、
出てこい」と腕をふり上げて呼びます。
それに答えて、遠くからかすかな音が
聞こえてきました。

Mackenzie Donaldson (age 8)

Prospero replied, "By accident most strange,
Today, our future I'll rearrange.
My brother Antonio, and the King of Naples too,
Were returning to Milan with their royal crew.
Their boat was surrounded by my sea-storm,
And to my will they shall conform.
But ask no more questions. Thou art inclined to sleep."
And he charmed his daughter into slumber deep.
Then he raised his arms, "Come servant, come."
And from afar came an answering hum.

ℓ.1 by accident ぐうぜん most とても strange 奇妙な 2 future 未来 rearrange 配列しなおす 4 return 帰る royal 王室の crew 乗組員 5 was surrounded 囲まれる 6 conform to ～ ～に従う 7 art = are の古い言い方 art inclined to ～したい気持ちになる 8 charm 魔法をかけて～にする slumber 眠り slumber deep = deep slumber 9 raise 上げる servant 召使い 10 afar 遠くから hum ぶんぶんいう音 came ～ = an answering hum came

きらりとつばさを光らせて、
プロスペローに仕える妖精エアリアルの登場です。
「万事うまくやってくれたか？」とプロスペローがたずねます。
わたしの命令どおりやっただろうな？　なにが起こった？」
エアリアルは自分の働きぶりを報告したくてたまりません。
「おおせのとおりにいたしました。王さまの船に乗りこんで
お望みどおり火をつけました。
水夫たち以外、全員が泡立つ波の中へ身を投げました。
最初に飛びこんだのはナポリ王の息子ファーディナンド。
波がさかまく深い海の底へ、
しずんでいきました」
プロスペローは満足した
ようすです。「それは岸の
近くだろうな。
全員、無事か？　さあ、
はやく聞かせてくれ」

Anika Johnson (age 8)

With a flash of wings and a shimmer of light,
Ariel, his attendant, flew into sight.
"Has your task been concluded?" Prospero inquired.
"Did you follow my instructions? What has transpired?"
Ariel was eager to report on the trip,
"I did all you asked: I boarded the King's ship,
And set it afire, as was your design.
All but mariners plunged in the foaming brine.
Ferdinand, the King's son, was the first to leap
Into the waves below, the swirling water deep."
Prospero looked pleased, "Was this near to shore?
And are they all safe? Quickly, tell me more!"

ℓ.1 flash (旗などの)ひとふり wing つばさ shimmer かすかな光 2 attendant お供 into sight 見えてくる, 目に入る 3 task 仕事 conclude 終える 4 follow 従う instruction 命令, 指示 transpire 起こる 5 eager しきりに〜したがって report 報告する 6 board 船に乗りこむ 7 set 〜 afire 〜に火をつける design 計画 8 all but 〜のほかはみな plunge 飛びこむ foam 泡立って流れる brine 海水, 海 9 leap into 飛びこむ 10 swirling うずまいている 11 look (顔つきから)〜に見える pleased 満足して

エアリアルは得意そうにひと息ついてから話しつづけます。
「はい、みんな髪の毛一本なくしていません。洋服も水一滴ついていません。
全員を島のあちらこちらに散らばしてあります。
何人かずつのグループになって、さまよい歩いています。
自分たち以外は死んだと思いこんでいます。
ナポリ王の息子ファーディナンドだけは
１人きりなので、うちひしがれて
びくびくしながら地面にすわりこんでいます。
船は奥まった入り江にいかりを下ろして
おきました。
船底では水夫たちが眠りこけています」
プロスペローはうれしさをかくせません。
「さあ、いまいちど確認しておこう。
これから数時間のうちにするべきことを」
「でもこれで自由にしてやると約束した
じゃないですか」エアリアルはふくれっ面です。
「このうえまだめんどうな仕事があるなんて」

Ariel

Ashley Kropf (age 10)

Ariel continued with a contented sigh,
"Not a hair perished. Even their garments are dry.
They're now on our island, to different parts spread,
In small groups they wander, believing the others dead.
The King's son is alone and his mind is distraught,
He sits on the ground, his heart overwrought.
Their ship's at anchor in yonder cove deep,
And beneath the hatches the sailors sleep."
Prospero was delighted, "Now, let's review,
The next few hours and the work we must do."
"But you promised my freedom!" Ariel started to boil,
"And now, you tell me there's to be more toil."

ℓ.1 contented 満足そうな 2 not a ～ ただのひとつも～でない 3 different いろいろな spread 散らばらせる 4 wander さまよう dead 死んでいる 5 alone ただ１人の distraught 取り乱した 6 overwrought ひどく緊張した 7 at anchor いかりを下ろしてとまって yonder 向こうの cove 入り江 ship's = ship is 8 hatch 船の昇降口 9 was delighted よろこんだ review 復習する 11 promise やくそくする freedom 自由 12 is to be 予定になっている toil つらい仕事 there's = there is

プロスペローは恐い目つきでエアリアルをにらみつけます。
「おまえはシコラクスのことを忘れたのか。
年老いて腰のまがったあの邪悪な魔女シコラクスは
かつてこの島を支配し、たえず激しい怒りを
みなにぶつけていた。
召使いのおまえはシコラクスの意のまま。
シコラクスの命令には、どんなにいやでも
従わなければならなかった。
あるときおまえが言いつけにそむいたため、
シコラクスは魔法を使って
おまえを木の中に閉じこめた。
12年間おまえは苦しみつづけ、その
あいだにシコラクスは死んだ。
あわれなおまえは木の中に
おきざりにされた。

Sycorax

Anika Johnson (age 8)

Prospero turned on Ariel, with a threatening stare,
"Have you forgotten the Sycorax affair?
That foul witch, bent over with age,
Once ruled this island, in a towering rage.
You were her servant and obeyed her demands,
Forced to perform her abhorrent commands.
But when to her orders, you would not agree,
She used her power and trapped you in a tree.
Twelve years you suffered, and in that time she died,
Leaving you desperate and trapped inside.

ℓ.1 turn on くってかかる threatening おどすような stare じっと見つめること 2 affair こと 3 foul 悪い witch 魔女 bent 曲がった with age 年をとっているため 4 once むかし rule 支配する towering rage はげしい怒り 5 demand 要求 6 perform 実行する，はたす abhorrent いやでたまらない command 命令 7 would not どうしても〜しない agree to (計画などに)賛成する when to her 〜 = when you would not agree to her orders 8 trap とじこめる 9 suffer 苦しむ die 死ぬ 10 leaving 〜の状態にしたままで desperate 絶望的な

さてシコラクスには息子が１人いた。人間というより、みにくい獣のような
やつだ。このおぞましい小僧に母親はキャリバンという名をつけた。
わたしたちが来るまで、この島には１人の人間もいなかった。
島はキャリバンの天下。やつがすべての力をにぎっていたのだ。
わたしは木の中でもがくおまえの声を聞きつけ、幹を引きさいてやった。
おまえが外に出られたのは、わたしの魔法のおかげなのだよ」
エアリアルは急に神妙になりました。「そのことではほんとうに感謝しています。ご主人さま、なんでも命令どおりにいたします」これを聞いてプロスペローは気をよくします。
「２日もすれば自由の身にしてやる。
こんどは水の精になれ。わたし以外には姿が見えない妖精になれ」

Elly Vousden (age 8)

"Now Sycorax had borne a son, more ugly beast than man,
This wretched runt, a witch's brat, she christened Caliban.
Until we landed on this isle, there was no human soul,
And Caliban was ruler. He was in control.
I heard you groaning in the tree and made its trunk gape,
It was my kindly power that allowed you to escape."
Ariel was humbled, "I thank thee for your stand.
I promise, noble master, I'll do what you command!"
Prospero relented, "In two days, I'll set you free,
For now, be a sea nymph, invisible except to me."

ℓ.1 bear(borne) 子を産む more ～ than ～というよりむしろ～だ ugly みにくい beast けだもの，獣 2 wretched いやな，不快な runt 小さな動物 brat (けなして)こども，がき christen 名をつける 3 land 上陸する isle 島 human soul 人間 4 ruler 支配者 5 hear you ～ing あなたが～しているのを聞く groan うめく trunk 木の幹 gape 大きく開く 6 It was my kindly power ～ that ～ ＊powerを強調 kindly 親切な allow ～するのを許す escape 脱出する 7 was humbled へりくだる stand 態度 9 relent やさしくなる set ～ free 解放する 10 nymph 妖精，(水の)精 invisible 目に見えない except ～を除いて

プロスペローのこの言葉は、早く行けという合図です。
すばしこい妖精エアリアルはあっというまに姿を消しました。
プロスペローはやさしくミランダをゆりおこします。
「かわいいミランダ、目をさませ。じゅうぶん眠っただろう。さあ起きろ」
そう言って立ち上がり近くのほら穴をゆびさします。
「さあ、いこう。奴隷のキャリバンのところへ」
ミランダはふるえあがります。「お父さま、あそこへは近よるのもいやです」
ミランダはキャリバンに怖いめにあわされたことがあるので、恐ろしくてならないのです。
プロスペローは言います。「そうはいっても、キャリバンは火をおこしたりまきをとって来たり、言いつけたことはなんでもするではないか」
プロスペロはキャリバンに呼びかけます。「さあ、出てこい。
おい、なにをぐずぐずしている。こののろま！
今日はやってもらうことがある」
「まきならたくさん運んでやっただろう」
キャリバンは文句を言います。
「この毒ガエルめ！」プロスペローがにらみをきかせます。

Taking these words as an exit cue,
The nimble sprite, Ariel, disappeared from view.
Prospero woke his daughter with a gentle shake,
"Dear heart, awake! Thou hast slept well. Awake!"
Then he stood and pointed to a nearby cave.
"Come on. We'll visit Caliban, my slave."
Miranda shuddered, "I don't wish to go near."
Caliban frightened her, and she cowered in fear.
Prospero reminded, "But he does make our fire,
Fetch in our wood, and serve as we require."
He called to Caliban, "Come forth, I say!
Come, thou tortoise! I have jobs for you today."
"There's wood enough within," Caliban growled.
"Thou poisonous toad!" the sorcerer scowled.

Matt Charbonneau (age 10)

ℓ.1 take (言葉などを)～だと理解する exit 出て行くこと cue きっかけ 2 nimble すばやい disappear from view 見えなくなる 3 wake(woke) 起こす gentle やさしい shake ゆさぶること 4 dear heart 親愛なる人 awake 目をさます hast = have の古い言い方 5 nearby すぐ近くの cave ほら穴 6 slave 奴隷 7 shudder 身ぶるいする 8 frighten おどろかせる cower すくむ 9 remind 思い出させる make (our) fire 火をおこす 10 fetch 取ってくる wood まき serve 仕える require 要求する 11 forth 前へ I say ちょっと,あのね 12 tortoise カメ,のろい人 13 within 内部に growl 怒ったように言う 14 poisonous 毒のある toad ヒキガエル scowl 顔をしかめる

ようやく思いなおしたのか、キャリバンが
ぶかっこうに腰をかがめて穴からはいだしてきました。
「おまえらなんか大風のしめり気で体中、水ぶくれになっちまえ！」
キャリバンが毒づきます。
「この島はおれさまのものだ。先に島に来たのはこのおれなんだぞ！
おまえはあとからやって来て、はじめのうちはおれを大事にして
くれた。果物の味がする飲み物をくれた。それでおれは
おまえが気にいった。言葉も教えてくれた。でもすぐに
おまえが悪いやつだってことがわかってきた。
シコラクスのあらゆるのろいがおまえにふりかかれ！」
「うそつきめ！」プロスペローはいきりたちます。
「おまえにはよくしてやった。おまえがミランダに手を出すまではな。
おまえなど、手足がけいれんするほど痛めつけてやる。
おまえの苦しむ声に獣どもも驚いて穴から逃げだす
だろうよ」キャリバンはすくみ上がります。
「わかった。言うとおりにするよ。
あんたにはかなわない」

Caitlin Ellison (age 8)

Finally, the monster appeared to relent,
And from the den he stumbled, grotesque and bent.
"May a wind blister you all over," Caliban cursed,
"This island's mine! I was here first!
When you arrived, you made much of me,
Gave me water spiced with berries. Then I loved thee.
You taught me language, but would soon prove untrue,
All the charms of Sycorax, light on you!"
"Thou art a liar!" Prospero was riled.
"I treated you well, till you hurt my child.
I'll rack thee with cramps, till beasts run from thy din."
Caliban cringed, "I must obey. Prospero, you win!"

ℓ.1 finally ついに monster 化け物 appear ～らしく見える 2 den 穴 stumble よろけながら歩く grotesque 異様な 3 May ～ ～でありますように blister 水ぶくれにする all over 体中 curse ののしる 5 make much of だいじにする 6 spiced ～で味をつけた berry イチゴなどのベリー 7 teach(taught) 教える language 言葉 prove ～であるとわかる untrue 誠実でない 8 light (災難などが)ふりかかる 9 art = areの古い言い方 liar うそつき rile いらだつ 10 treat あつかう hurt (体を)きずつける 11 rack 苦しみにあわせる cramp けいれん din やかましい音 12 cringe すくむ win 勝つ

いっぽう、エアリアルはファーディナンドをさがしつづけています。
そしてついに見つけだしました。ファーディナンドは岸に打ち上げられていました。
ファーディナンドは父のアロンゾー王が死んだものと思い、なげき悲しんでいます。
エアリアルは近くまで飛んでいって歌をくちずさみます。
「黄色い砂の上にきて」とやさしくファーディナンドをさそいます。
「さあ、手に手をとって」一度きいたら忘れられない、あまく悲しい
メロディーです。ファーディナンドはすいよせられるように歌声に
ついていきます。心地よい調べにはそんな力がありました。
ファーディナンドは、我を忘れてうっとりと聞きほれます。
「どこから聞こえてくるのだろう」あたりを
見まわしてもだれもいません。
「歌が今までの心の苦しみを和らげてくれる。
おや、聞こえない！ 歌が止んでしまった」
でもすぐにちがうメロディーがひびき
はじめます。エアリアルが歌いだした
のは、前とはちがう調子の歌です。

Sydney Truelove (age 8)

Meanwhile, Ariel continued to explore,
And found Ferdinand, who'd been washed ashore.
The Prince was in mourning for his father, the King,
When the spirit hovered near and began to sing.
"Come unto these yellow sands," was the sweet-toned plea.
"And then take hands," continued the haunting melody.
Ferdinand followed, but not of his own accord.
The mellow resonance could not be ignored.
Enchanted by its power, the Prince lost control,
"Where does this tune come from?" He couldn't see a soul.
"The song calms the torment that I felt before.
Wait, 'tis gone! The music sounds no more."
But soon the air quivered with a new refrain.
The mood was different when the spirit sang again.

ℓ.1 meanwhile いっぽう，その間に　explore さがす　2 wash (波などが)押し流す　ashore 浜へ　3 mourn for (人の死を)悲しむ　4 hover ～の上を飛ぶ　5 unto = to の古い言い方　sweet-toned 快い調子の　6 haunting 忘れられない　7 of his own accord 自ら進んで　8 mellow やわらかい　resonance ひびき　ignore 無視する　9 enchanted = being enchanted うっとりとして　lose(lost) control 気持ちをおさえきれなくなる　10 tune メロディー　11 calm なだめる　torment 苦しみ　12 'tis = it is　13 quiver ふるえる　refrain 旋律　14 mood 雰囲気

「父は五ひろ海の底
その目は今ではふたつの真珠
海の妖精うち鳴らす。悲しみの鐘をいくたびも
耳をすませば聞こえてくるよ、ディンドン、ディンドン鐘の音」
「この歌はなにを意味しているのだろう？」ファーディナンドは考えこみます。
目には涙があふれ、顔が火照ってきます。
「これはおぼれ死んだ父上をとむらう歌」ファーディナンドは
むせび泣きます。
「人間の力でこんなことはできない。父上はやはり
死んでしまったのだ」
ファーディナンドは望みをたたれて目の前が
暗くなりました。
エアリアルの悲しみの歌にみちびかれ、
ファーディナンドはあとをついていきます。

Shannon Campbell (age 10)

"Full fathom five, thy father lies;
Those are pearls that were his eyes,
Sea nymphs hourly ring his knell,
Hark! Now I hear them, ding-dong, bell."
"What do these words mean?" Ferdinand thought.
His eyes filled with tears and his face felt hot.
"The ditty does remember my drowned father," he cried.
"This is no mortal business! My father must have died!"
Ferdinand was fraught with hopeless dismay,
He followed the sad music, as Ariel led the way.

ℓ.1 full たっぷり，まる（1メートル） fathom 尋（水の深さをはかる単位） ＊1尋は約 1.8 メートル 3 hourly 1時間ごとに，たびたび knell とむらいの鐘 4 hark 聞く ding-dong ゴーンゴーンという鐘の音 6 fill いっぱいになる tear 涙 7 ditty 短い歌 remember （人に）祈りをささげる drowned おぼれた 8 mortal 人間の business できごと must have (died) ～したにちがいない 9 fraught with （不安などに）みちた hopeless 望みを失った dismay がっかりすること 10 lead(led) the way 道案内する

プロスペローは待ちかまえています。つぎに打つ手は決めてあります。
ほどなく、とぼとぼと歩いてくるファーディナンドの姿が見えました。
プロスペローはミランダの注意をうながします。「さあ、よく見て考えろ。
向こうから来るのはなんだと思う？」
ミランダははっとして目をかがやかせました。「いったいだれでしょう？」
そして恐る恐るたずねます。「妖精かしら？」
「いや、あいつはわれわれと同じように食べたり眠ったりする」
プロスペローは答えます。
「乗っていた船が難破して、あちらこちらとさまよい歩いている。船の仲間はだれひとり見つからず、悲嘆にくれている。仲間を見つけたい一心でここまで歩いてきたわけだ」
ミランダは胸をときめかせます。「なんてすてきな方でしょう。ああ、お父さま、この男性を神のような方とお呼びしたいくらいです。地上のものでこれほど気高い方に出会ったことがないのですもの」
ミランダは身じろぎひとつしないで、ファーディナンドを見つめ続けます。

Prospero was ready and knew just what to do,
When a short time later, Ferdinand stumbled into view.
He awoke Miranda, "Come, gaze and ponder!
Tell me, my daughter, what is that yonder?"
Miranda gasped in delight, "Oh, who can it be?"
She was in awe, "Is it a spirit that I see?"
"It eats and sleeps like us," Prospero replied.
"This man is from the wreck, and searches far and wide.
He's lost all his comrades, and his grief is acute.
He hopes to find them here, and wanders in pursuit."
Miranda was entranced, "That gentleman looks fine.
Oh Father, I might call him a thing divine!
For nothing natural I ever saw so noble."
She continued to stare, completely immobile.

Eliza Johnson (age 8)

ℓ.3 awake(awoke) 気づかせる gaze 見つめる ponder じっくり考える 4 yonder 向こうに 5 gasp 息をのむ delight よろこび (Who) can (it be)? いったい～だろうか 6 awe おそれ敬うこと 8 wreck 難破船 far and wide あらゆる所を 9 comrade 仲間 grief 悲しみ acute はげしい 10 in pursuit ～を追って 11 entranced うっとりする 12 might ～しても悪くない thing (親しみ,けいべつを表して)～な人 divine すばらしい,神のような 14 stare じっと見つめる completely 完全に immobile 動けない

当のファーディナンド王子は、切ないため息をついています。
ふと顔を上げたとたん、王子の目にミランダの姿がうつりました。
王子は一瞬、息をのみ、やがて新たな喜びにつつまれます。
「おお、なんと美しい女神！」と大きな声ではっきりと言います。
そして一気にミランダのほうに引きよせられていきました。
すぐに2人は向かい合い、目と目を見交わします。
「この島に住んでいるのですか？」燃えるような瞳でファーディナンドはたずねます。
「ああ、この世のものとも思われぬすばらしい人だ」王子は感動の声をあげます。
「あなたは人間の娘さんですか、それともちがうのでしょうか？」
はずかしさに、ほほを赤らめるミランダ。でも王子を少しも恐いとは思いません。
「この世のものです。ただの娘ですわ」
「わたしの国の言葉と同じだ！」ミランダの答えを聞いた王子は嬉しそうにさけびます。「それならこの人に、わたしの胸の悲しみをすべて打ち明けよう」
王子は船が難破したこと、そのとき自分が見たものについて語ります。
「わたしがナポリ王になったら、あなたを王妃としてお迎えしたい」と王子。

Then, the Prince let out a heart-wrenching sigh.
As he raised his head, she quickly caught his eye.
Ferdinand was startled, overwhelmed with new cheer.
"Oh, beautiful goddess!" his voice was loud and clear.
He was drawn towards her, at a rapid pace.
And soon the two were standing, face to face.
"Do you dwell on this island?" his eyes were aglow.
"Oh you wonder!" he exclaimed, "Are you maid, or no?"
Miranda blushed, but was not afraid.
"No wonder, sir, but certainly a maid!"
"She speaks my language!" he joyfully cried,
"And all my sorrows to her I'll confide."
He told of the shipwreck and the sights he'd seen,
"When I'm King of Naples, I'll make you my Queen."

Eliza Johnson (age 8)

ℓ.1 let out 出す heart-wrenching 胸のいたむ 2 raise 上げる quickly すぐに catch(caught) ～'s eye ～が～の目に留まる 3 was startled ぎょっとする overwhelmed = being overwhelmed 圧倒されて cheer 元気 4 goddess 女神 5 was drawn 引きよせられる rapid すばやい pace 速さ 6 face to face 面と向かって 7 dwell 住む aglow 赤くかがやいて 8 wonder すばらしい人，おどろくべきもの exclaim (興奮して)さけぶ maid 少女 9 blush 顔を赤くする 11 joyfully うれしそうに 12 all my sorrows ～ = I'll confide all my sorrows to her 13 shipwreck 船の遭難 14 make you ～ 人を～にする

この話を、すぐ近くにいたプロスペローも聞いていました。
すべてはプロスペローのもくろみどおり。
でもファーディナンドはほんとうにミランダを愛しているのでしょうか。
そこでプロスペローはファーディナンドの気持ちをためすことにしました。
プロスペローはわざと声をあらげ、ファーディナンドの目を見すえます。
「おまえはこの島をうばうつもりだろう。さてはようすをさぐりに来たな」
ファーディナンドは答えます。「まったくの誤解だ。
神にかけて誓う。断じてそのようなことはない」
ミランダはプロスペローを止めようとしますが、ききめがありません。
プロスペローはなおもわめき続けます。
「ミランダ、こんな男をかばってはならぬ。
こいつは盗人なのだ。
おい、小僧、これからおまえがどうなるか
おしえてやろう。
きさまに枯れた木の根を食べさせてやる。
海の水を飲ませてやる。
足をくさりでつないで歩けなくするぞ」

Katie Hopkins (age 7)

Prospero listened, for he was close at hand,
Everything was working exactly as he'd planned.
But did Ferdinand truly love his daughter best?
Prospero decided to put him to a test.
The sorcerer spoke roughly, and looked him in the eye,
"You're here to steal my island. You are a spy!"
Ferdinand replied, "My thoughts you misconstrue.
No, I promise. Your words are untrue."
Poor Miranda pleaded, but to no avail.
Prospero continued to rant and rail,
"Speak not for him, Miranda. He is a traitor,
And I'll tell you lad what will happen later.
Old roots you shall eat. Seawater you will drink.
I'll manacle your feet, with pieces of chain link."

ℓ.1 at hand すぐ近くに 2 work うまくいく exactly ちょうど 4 put ～ to a test ～をためす 5 roughly 乱暴に look ～ in the eye 正面から見る 6 steal ぬすむ spy スパイ 7 misconstrue 誤解する My thoughts ～ = You misconstrue my thoughts 9 plead 熱心にたのむ to no avail むだで 10 rant わめきちらす rail ののしる 11 speak for (人を)弁護する traitor 裏切り者 Speak not = Don't speak 12 lad 若者 13 Old roots ～ = You shall eat old roots You shall (話し手が)youに～させる Seawater ～ = You will drink seawater You will ＊軽い指示,命令 14 manacle 足かせをかける link 輪

「そんなことはさせない」ファーディナンドはプロスペローに立ち向かう覚悟です。
「戦ってわたしが負けるまでは、そうはさせない」
プロスペローが両手をふりまわすと、ファーディナンドはその場から
動けなくなりました。
手足は自由を失い、声も出ません。
ミランダは父にたのみます。「お願いです。手荒なことはしないでください！
おだやかで立派な方ですから、やさしくしてあげて」
「だまれ、ミランダ。それ以上言うな」
テストはうまく行きました。そこでプロスペローは魔法をとくことにします。
ファーディナンドの体が動くようになりました。でも足に力がはいりません。
手も言うことをききません。口だけは
どうにかきけました。
「どんなにおどされても恐くはない。
あなたの命令に従います。
１日に１度でもこの娘さんを見ることが
できれば、少しもつらくはないのです」

Anika Johnson (age 8)

"I will resist!" cried Ferdinand, prepared to fight.
"Until your power overcomes my might."
Prospero waved his hands and fixed him to the ground.
Ferdinand was frozen and could not make a sound.
Miranda begged her father, "Do not be so stern!
He's gentle, and handsome. Show him some concern."
"Silence, Miranda! Not another word from you!"
The test was going well, and the spell he would undo.
When Ferdinand could move again, his legs were weak,
His fingers numb, and he could barely speak,
"Your threats do not scare me. Your wishes I'll obey,
If I can behold this maid, even once a day."

ℓ.1 resist 抵抗する 2 overcome うち勝つ might 腕力，うでの力 3 wave ふる fix 固定する 4 frozen 身動きできない 5 beg(ged) たのむ stern きびしい 6 gentle やさしい handsome 礼儀正しい concern 気づかい 7 silence だまれ！ Not another word もうそれ以上ひとことも言うな 8 go well うまく行く spell 魔法 undo とりけす 9 weak よわい 10 numb まひした barely やっと～(できる，ある) 11 threat おどし scare びっくりさせる wish 願い 12 behold 見る once a day 1日1回

「効き目は上々だ！」そう考えながらプロスペローはその場をはなれます。
満足そうに笑って、プロスペローはミランダとファーディナンドをふり返ります。
この幸せな２人は、たがいにひと目ぼれをしたのです。
プロスペローは上機嫌で妖精を呼びつけます。
「でかした、エアリアル。よくやった。今度ばかりは
このおれもおまえにきちんと礼を言わねばなるまい。
ほうびにおまえを自由にしてやる。
まもなくおまえの任務は終わる。
ただし、命じたことをすべてやりとげてからの
話だが」
「ご命令とすこしもちがわない
ようにいたします」
エアリアルは大よろこび。
思わず笑みがこぼれます。
プロスペローはファーディナンドに向かって
「さあ、ついてこい」と言いました。

Megan Vandersleen (age 10)

"It works!" thought Prospero, as he withdrew.
He smiled to himself, and glanced back at the two.
For the happy pair, it was love at first sight.
Prospero was delighted and called to his sprite,
"Thou hast done well, fine Ariel, and I would be remiss
If I forgot to thank you. I'll free thee for all this.
In a short time, you may leave my command,
If you can accomplish my every demand."
"To the syllable!" Ariel grinned with glee.
Prospero turned to Ferdinand, "Come, follow me!"

ℓ.1 work うまくいく as ～しながら withdraw(withdrew) ひきさがる 2 glance at ちらっと見る 3 at first sight ひと目で 4 was delighted よろこぶ call to 呼ぶ sprite 妖精, 小人 5 would ＊事実と反対の想像 (かりに～ならば)～であろうに remiss いいかげんな 6 for ～の理由で 7 leave (仕事を)やめる 8 accomplish なしとげる demand 要求 9 to the syllable とことんまで grin にっこり笑う with glee 大よろこびで

いっぽう、島のまた別の場所では
ナポリ王アロンゾーが暗い顔ですわりこんでいます。
王宮の貴族たちもいっしょにいます。
むかしプロスペローの味方だったゴンザーローが、アロンゾーをなぐさめています。
「さあさあ、元気をお出しください。涙などお見せになってはいけません。
海につかったはずの服も、このとおり乾いて新品のようではありませんか」
アロンゾー王は苦しそう言います。「悲しみがどうしても消えないのだ」
「あたたかいなぐさめの言葉も王にとっては冷めた粥も同然だ」
セバスチャンが口出しをします。
意地の悪いアントーニオもゴンザーローを
冷やかしはじめます。
ゴンザーローが王を元気づけようと
必死になっているというのに。

King Alonso

Sydney Truelove (age 8)

Meanwhile, on the island, in a different place,
King Alonso sat with a very long face.
He was with his nobles from the royal court.
Prospero's friend, Gonzalo, was lending his support.
"Beseech you, sir, be merry! Do not cry.
Our garments drenched in the sea are fresh and dry."
King Alonso moaned, "My gloom cannot be shed."
"He receives comfort like cold porridge!" Sebastian said.
Then the evil Antonio began to mock and jeer,
As Gonzalo continued to spread his cheer.

ℓ.2 long face 暗い顔 3 royal court 宮廷 4 lend (力を)かす support 援助 5 beseech お願いする merry 陽気な Beseech you = I beseech you 6 drenched ずぶぬれになった fresh 真新しい 7 moan うめくような声で言う gloom 深い悲しみ shed とりのぞく 8 comfort なぐさめ porridge 粥 9 mock ばかにする jeer あざける 10 spread ふりまく cheer なぐさめの言葉

プロスペローは、昔の友ゴンザーローが笑いものになっているのを聞きつけて
エアリアルにやめさせるよう命じました。
エアリアルは子守唄のメロディーを奏で、みなの眠りをさそいます。
ゴンザーローが眠気をおぼえ、うずくまって寝入りました。
アロンゾー王の体からも、たちまち力がぬけて
いきます。まぶたが重くたれてきて、王は横に
なって眠りだしました。
このようすをエアリアルが見張っています。
みなが危険にさらされているからです。
ふしぎなことに、セバスチャンと
アントーニオだけは眠くなりません。
2人はひそひそと話しこんでいます。
むごたらしい計画の相談です。
さあ、どんな悪だくみがはじまる
のでしょうか。

Ashley Kropf (age 10)

Prospero heard their taunts, aimed at his old friend,
And commanded Ariel to put it to an end.
The spirit played lullabies to encourage sleep.
Gonzalo felt drowsy, and curled in a heap.
King Alonso, too, quickly lost his zest.
His eyes began to droop, and he lay down to rest.
Ariel was watching, for all was at stake.
Sebastian and Antonio had been left awake.
They talked in low whispers, their thoughts ice cold.
Another evil plan was beginning to unfold.

ℓ.1 taunt 冷やかし aim (皮肉などを人に)向けて言う 2 command 命令する put ~ to an end 終わらせる 3 lullaby 子守歌 encourage しむける 4 drowsy ねむい curl 体をまるめる in a heap うずくまって 5 zest 生気 6 droop たれる rest 休む 7 at stake あぶなくなって 8 leave ~の状態にしておく 9 low 声が小さい whisper ささやき ice cold 氷のように冷たい 10 unfold (ものごとが)明らかになる

アントーニオが問いかけます。「ファーディナンド王子がおぼれ死んだとなると
だれが王座をつぐのだろう？
セバスチャン、あなただって王になれますよ。
あなたは王の弟じゃありませんか。それをお考えになったことはないのですか？
わたしの目には、はっきりと見えます。あなたの頭の上に光る王冠が。
アロンゾー王が死んでしまえば、ナポリ王国はあなたのものです」
「それはまさに、おまえがミラノでやったことではないか！」セバスチャンは言います。「おまえは実の兄のプロスペロー大公を追い出したのだったな。
おそらく大公は死んでしまったことだろう」
アントーニオはうなずいて、こう言います。「おわかりいただけたようですね。どうです、この大公の衣装。わたしにぴったりでしょう？」
セバスチャンは腹をきめます。「よし、おまえを見習って同じことをしよう。
アロンゾーはおまえが殺してくれ。
おれはゴンザーローをやる」

Ashley Kropf (age 10)

Antonio inquired, “Since the Prince has drowned,
I wonder who’ll be the next person crowned?
Noble Sebastian, indeed, you could be King!
You are his brother. Have you thought of such a thing?
My strong imagination sees a crown upon thy head.
Naples could be yours, if Alonso were struck dead.”
“That’s what you did in Milan,” Sebastian replied.
“You disposed of your brother. He probably died.”
Antonio nodded, “You’re starting to see,
And look how well my garments sit upon me!”
Sebastian conceded, “Your example, I will follow.
You kill Alonso. I will kill Gonzalo.”

ℓ.2 wonder ～かなと思う crowned 王位についた 3 indeed ほんとうに could しようと思えばできる 5 imagination 想像力 crown 王冠 upon = on 6 could ～, if ～ ＊事実と反対の想像 もし～ならば～できるだろう were struck～ ～の状態になる 8 dispose of ～をすてる, かたづける 9 nod うなずく 10 sit upon(on) ～にふさわしい 11 concede みとめる example 手本 Your example ～ = I will follow your example

エアリアルはすぐ近くを飛びながら、待ちかまえています。
「ご主人さまは魔法の力で、こんな危険もお見通し。
ゴンザーローに注意してやろう。アントーニオとセバスチャンが
剣を高くふりかざして、おそいかかろうとしているのだもの」
「王の身を守りたまえ！」ゴンザーローが目をさまし、はっとしたようにさけびます。
アロンゾー王も急に目を開き、飛び起きてたずねます。「なにごとだ？
みな、顔が真っ青じゃないか。剣をぬくとはどうしたことか？」
「ウシのような、いえライオンのようなうなり声が聞こえたものですから」
セバスチャンは口からでまかせを言います。
「われらは王をお守りしようとしたのです」アントーニオも嘘をつきます。
ゴンザーローには納得がいきません。「なにかおかしい。
用心にこしたことはありません。できればここをはなれた
ほうがよろしいかと」
アロンゾー王も賛成です。「よし、先に立って歩いてくれ。
なんとしても息子ファーディナンドをさがさねばならん」
エアリアルも飛び立ちます。「おれがどんなに
役に立ったかご主人さまに報告しなくては」

Sydney Truelove (age 8)

Ariel was ready, hovering quite near.
"My master, through his art, foresees the danger here.
I'll warn Gonzalo, who'll see their swords held high."
"Preserve the King!" Gonzalo woke with a startled cry.
Alonso's eyes flew open, and he asked, "What's going on?
Explain your ghastly faces, and why your swords are drawn."
"We heard a roar like bulls, or rather lions!" Sebastian lied.
"We were trying to protect you!" Antonio quickly cried.
Gonzalo was troubled, "This is a strange case.
'Tis best we stand upon our guard or that we quit this place."
"Lead away," Alonso shouted, "We must find my son!"
Ariel flew off, "My lord shall know what I have done."

ℓ.1 hover (鳥などが)～の上を舞う 2 through ～によって(手段) art 技術 foresee 前もって知る 3 warn 気をつけるよう注意する sword 剣 hold(held) (銃などを)かまえる 4 preserve 守る startled はっとしたような 5 fly(flew) open さっと開く What's going on? なにごとですか？ 6 explain 説明する ghastly 青ざめた draw(drawn) (刀などを)ぬく 7 roar うなり声 bull ウシ or rather より正しく言えば lie 嘘をつく 8 protect 守る 9 was troubled どうしてよいかわからず困る 10 'Tis = It is It is best that ～ ～するのがいちばんよい upon(on) our guard 用心して quit (場所を)たちのく 12 fly(flew) off 飛び去る shall know ～に知らせよう(話し手の意志)

島のもうひとつ別の場所、海辺に近いところでは、
キャリバンがせっせと仕事中。またしてもまきを運んでいます。
長年つらい思いをさせられたので、キャリバンは主人のプロスペローをうらんでいます。プロスペローの手下の妖精たちにも、ほとほと嫌気がさしています。
妖精たちはキャリバンを痛い目にあわせたり、ふるえあがらせたり。
どろ沼の中につき落としたこともありました。「まったくにくらしいやつばかりだ！
おや、また妖精がやってくるぞ。おれをもっとひどい目にあわせるつもりか？
ということは、プロスペローが怒っているんだな。まきを運ぶのがおそいってね。
見つからないように、平たくなってたおれていよう」
キャリバンは恐くてたまりません。
そこで地面に腹ばいになり、頭からマントをかぶります。
かくれていると、ベルの音が聞こえてきました。
妖精のぶつぶつ言う声がします。
「うひゃあ、くさくてたまらん！」

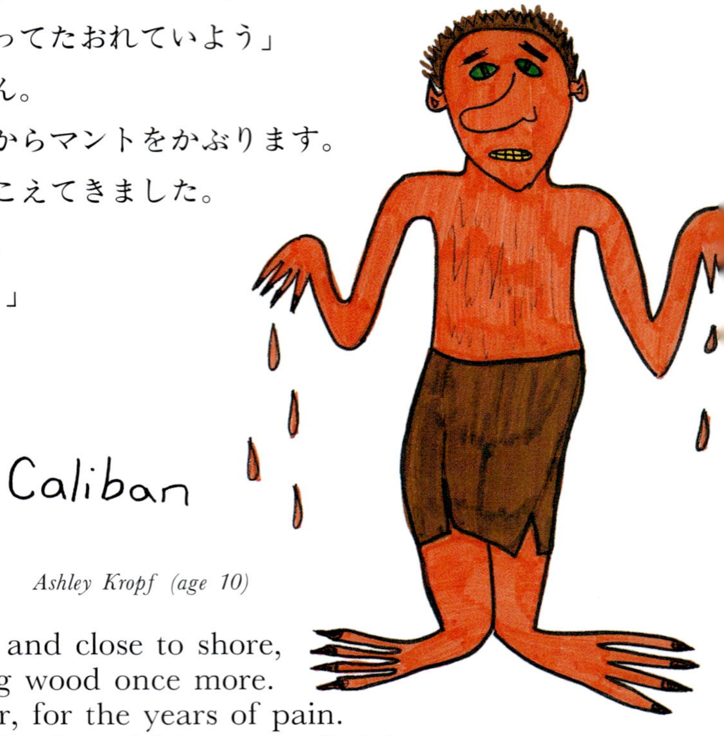

Ashley Kropf (age 10)

In another part of the island and close to shore,
Caliban was at work, carrying wood once more.
He was angry with his master, for the years of pain.
And the sorcerer's many spirits, he held in much disdain.
They had crushed him with cramps, and made his skin crawl,
Then pitched him in the mud. "I despise them one and all!
Oh no, here comes another, with more misery to bestow.
Prospero must be upset. I'm fetching wood too slow.
I'll fall flat so it won't see me!" Caliban cried in dread.
Then he dropped to the ground, his cloak over his head.
As he lay under the robe, there was the sound of bells.
He heard the spirit groan, "Phew, it smells!"

ℓ.2 at work 働いて 4 hold (〜を)〜と思う disdain けいべつ 5 crush おしつぶす cramp 筋肉のけいれん, 痛み make his skin crawl ぞっとさせる 6 pitch 投げこむ mud どろ despise ひどくきらう one and all (だれもかれも)みんな 7 misery 苦痛 bestow あたえる 8 upset 腹をたてた 9 fall flat ばったりたおれる 10 drop 急にたおれる to the ground 地面にたおれて cloak マント 11 robe 長くてゆったりとした上着 12 phew ひゃあ！(不快を表す) smell いやなにおいがする

近づいてきたのは妖精ではありませんでした。
それはトリンキュローという名の人間の男。仕事は道化師です。
トリンキュローはアロンゾー王の家来なので、あの不運な船に乗っていました。あらしにあって、ばらばらにこわれたあの難破船です。
「なんだ、こりゃ？」道化師トリンキュローは鼻をつまみます。
「死んだように横たわっているのは人間か、魚か？
古くてくさったような、いやな臭いがあたりに漂います。
「死んでいるのか？　生きているのか？　とびきりの臭いだぜ。鼻が曲がりそうだ。魚だ！」道化師はそう言って、もっとよく見ようと近よります。
すると足が２本見えるではありませんか。トリンキュローの予想ははずれました。
「まだあたたかい！」道化師は正体不明のそのかたまりに恐る恐るさわってみます。
そのとき雷が鳴り、道化師トリンキュローはびっくりして後ずさり。
雷のすさまじい音からのがれようと、道化師はキャリバンのマントの下にもぐりこみます。
「人間、こまったときには、どんな変なやつとでもいっしょに寝られるものだなあ」

But this was not a spirit, who approached so near.
His name was Trinculo, a jester by career.
He worked for King Alonso and was on that fated ship,
When it split apart, caught in the tempest's grip.
"What have we here?" The jester held his nose,
"Is it a man or fish, lying in repose?"
A very ancient stench wafted through the air.
"Is it dead or alive? This smell's beyond compare!
A fish!" he decided, and moved closer to inspect,
Then he saw its legs. His theory was incorrect.
"It's warm!" he cried, as he felt the lump in wonder,
Then jerked back in dismay, at the sound of thunder.
He crawled under the cape to escape the raging bellows,
"Misery acquaints a man with strange bed-fellows."

Callyn Vandersleen (age 10)

ℓ.1 approach 近づく　2 jester 道化師　by career 職業は　3 fated 不運な　4 split apart ばらばらに裂ける　(being) caught in (雨,風などに)あう　grip 支配　5 hold ～'s nose 鼻をつまむ　6 repose 休息,静けさ　7 ancient 古びた　stench いやな臭い　waft 漂う　8 beyond compare くらべものにならないほど　9 inspect しらべる　10 theory 推測,意見　incorrect まちがった　11 warm あたたかい　lump かたまり　in wonder おどろいて　12 jerk さっと動く　thunder 雷　13 crawl 腹ばいで進む　cape ケープ,肩マント　escape ～をのがれる　raging もうれつな　bellow とどろき　14 misery 不幸,みじめさ　acquaint ～ with ～と知り合いにさせる　bed-fellow 寝床をともにする人

キャリバンとトリンキュローが雷に恐れおののいているところへ
難破船に乗っていた男がもう1人、現れました。
それはステファノー。アロンゾー王の酒の管理をしている人です。
ステファノーは酒を飲みすぎてほろ酔い機嫌。歌をうたいはじめます。
「もうこりごりだ、海なんか。2度と海へは行くもんか。どうせ死ぬなら陸の上」
ステファノーは酒びんを持ち上げて、またぐいぐいと飲みます。キャリバンが
あわれな声を上げました。「そんなにおれをいためつけないでくれよ」
ステファノーはえらそうな口ぶりで言います。「下からなにか聞こえる。
なんだ？　4本足の化け物が発作を起こしているってわけか。
熱でもあるにちがいない。この酒を飲ませれば元気になるぞ」
そう言ってステファノーはマントをはぎ、キャリバンののどに酒を
流しこみます。するとマントの反対がわから別の声があがりました。
「足が4本に声が2つもある！」ステファノーはびっくり。
「こいつは悪魔だ。化け物なんかじゃない。おや、2つの口が別々に
ものを言うぞ」

Eliza Johnson (age 8)

The monster and the jester were shaking with fright,
When another from the ship stumbled into sight.
It was Stephano, the butler of the King.
He'd had too much to drink, and now began to sing,
"I shall no more to sea, to sea. Here shall I die ashore!"
Then he raised his bottle, and took a few swigs more.
Caliban moaned aloud, "Do not torment me, so!"
Stephano swaggered, "What sound is this, below?
A monster with four legs, and shaking in a fit?
It must have a fever. My wine will comfort it."
He lifted the cape, and poured wine down its throat.
Then he heard a voice at the other end of the coat.
"Four legs and two voices!" Stephano cried in shock,
"This is a devil and no monster! Now, two mouths talk!"

ℓ.1 fright おどろき　3 butler 執事(酒蔵,食器を管理する)　4 He'd had = He had had　5 I shall わたしはどうしても～する　no more もう～しない　to sea = go to sea　6 swig ぐいぐい飲むこと,ラッパ飲み　7 aloud 大声で　torment ひどく苦しめる　8 swagger いばりちらす　9 in a fit 発作をおこして　10 fever 熱　comfort 元気づける　11 pour (液体を)そそぐ　throat のど　14 devil 悪魔　mouth 口

「そっちの口にも飲ませてやるからな」ステファノーは物分りがよいのです。
「こいつの病気を治すために酒がまるごと１本、空になる！」とステファノー。
聞いたことのある声だ、と道化師は思いました。「おまえ、ステファノーか？
もしそうなら、恐がらなくてもいい。ほらおれだよ。トリンキュローだよ」
ステファノーははっとします。「いったいどういうことだ？」
でもたしかに見おぼえのある足です。
そこでステファノーはその足をひっぱり出しました。ステファノーとトリンキュローは顔を見合わせて大はしゃぎ。
ステファノーがさけびます。「おい、そんなにぐるぐる回すな。おれは胃の具合が悪いんだ」

Eliza Johnson (age 8)

キャリバンも起き上がりました。酒を飲んだせいで足がふらふらします。
キャリバンはステファノーの足もとにひざまずきます。「あの液体は最高だ。
あんた、天から降ってきたんだろう？」尊敬と恐れが入りまじった目で
キャリバンはトリンキュローを見つめます。
「そうだ、月から落ちてきたんだ」ステファノーはふざけて大笑い。
キャリバンは言います。「あんたの足にキスして誓うよ。もうけして迷わない。
おいらをあんたの子分にしてくれ。いつだって言われたとおりにするよ」

"I'll pour some in thy other mouth!" Stephano was quick.
"All my bottle's needed for a creature this sick!"
The jester recognized the voice, "Is that you, Stephano?
If it is, be not afeared, for I am Trinculo."
Stephano gasped in shock, "What is this about?"
But the legs did look familiar, so the butler pulled them out.
The men stared at each other, then frolicked in delight.
Stephano cried, "Stop! My stomach's not quite right!"
Caliban, too, arose, reeling from the wine.
He fell at Stephano's feet, "That liquid was divine!
Hast thou not dropped from heaven?" Caliban gaped in awe.
"Out of the moon," laughed Stephano, with a loud guffaw.
"I'll kiss thy foot!" vowed Caliban, "And never go astray.
I'll swear myself thy subject, and always will obey."

ℓ.2 ～bottle's needed = ～bottle is needed (～のびんが)必要だ 3 recognize おぼえがある 4 afeared = afraidの古い言い方 for なぜなら 5 What is this about? いったいなにごとだ 6 familiar よく知っている pull out 引き出す 7 frolick はしゃぐ 8 stomach 胃 9 arise(arose) 立ち上がる reel よろめく from ～が原因で 10 liquid 液体 divine すばらしい 11 heaven 天国 gape ぽかんとして見る awe 尊敬と恐れの気持ち 12 guffaw ばか笑い 13 go astray 道に迷う 14 swear 誓う subject 家来

元気をとりもどしたキャリバンは、はねまわりながら言います。
「プロスペローなんかくたばっちまえ！　おれをさんざんこきつかいやがって。おれは決めたぞ。もう、やつのために小枝一本、運んでやるもんか」
そしてステファノーに向かって「あんたの言うことに従うぜ」と誓います。
誓いの歌をうたいながら、キャリバンはステファノーのあとをついていきます。
「キャリバンさまには新しいご主人ができた。プロスペローの家来なんかもうやめた。別の家来をさがすがいい」
トリンキュローはうんざりしています。「たのむからその変な歌をやめてくれ。ただの飲んだくれを神さまあつかいしやがって、ばかにもほどがある。まったく、とんでもない化け物だ」
トリンキュローはもう、げんなり。
ステファノーはすっかり浮かれています。「さあ、あっぱれな化け物よ。はやく道案内しておくれ」
腕組みをした３人が、海辺を千鳥足で歩いていきます。
はてさてこれからなにが起こるか、３人は知らぬが仏です。

Anika Johnson (age 8)

Caliban pranced about, with rejuvenated nerve,
"A plague upon Prospero, the tyrant whom I serve!
I'll bear him no more sticks, that I guarantee."
Then he pointed to Stephano, "I will follow thee!"
Caliban pursued him, singing of this plan,
"Caliban has a new master, get a new man!"
Trinculo was disgusted, "Stop this silly song.
To worship a drunk is foolish and wrong.
A most ridiculous monster!" he continued in dismay.
Stephano rejoiced, "Oh brave monster! Lead the way!"
The three linked arms, and tottered along the shore.
How could they know what the future held in store?

ℓ.1　prance ぴょんぴょんはねる　rejuvenated 元気をとりもどした　nerve 気力　2　A plague upon ～！ちくしょう！,いまいましい　tyrant 暴君　3　bear 運ぶ　stick 小枝　guarantee やくそくする　5　pursue 追いかける　sing of ～を歌にする　7　was disgusted うんざりする　silly ばかばかしい　8　worship ほめたたえる　drunk 酔っぱらった人　9　ridiculous ばかげた　dismay 失望　10　rejoice よろこぶ　brave 勇敢な　lead the way 道案内をする　11　link（うでとうでを）組み合わせる　totter よろめく　12　How could they know ～? 知るはずがない　hold ～ in store 人を待ちかまえて

いっぽう、プロスペローの住む岩屋では
ファーディナンドが重い丸太を運んでいるところです。
ミランダは心配でたまりません。「そんなに無理をしないでください。
父の命令どおりしなくてもだいじょうぶ。
父は3時間ほど手がはなせないので、ここには来ません。だから
わたしの言うとおりにして。
いったん丸太を下ろしてください。すこしはお休みにならないと」
でもファーディナンドは聞き入れません。「日暮れ前に仕事を
終わらせなければなりません。お嬢さん、
休むわけにはいかないのです。まだ始めたばかりですし」
「ではわたしが手伝います。しばらくの間、あなたの代わりに
わたしがそれを運びましょう」ミランダも引き下がりません。
「とんでもない。それなら自分の背骨を折るほうが
ましです」ファーディナンドは笑って答えます。
「お嬢さんのお名前は？　どうしても知りたいの
です」とファーディナンドはたずねます。
「ミランダと申します。ほんとうはお教えしては
いけないと父から言われていたのですが」
とミランダは打ち明けました。

Erin Patterson (age 9)

Meanwhile, back at Prospero's abode,
Ferdinand was toting his heavy load.
Miranda implored, "Do not work so hard!
The orders of my father, you should disregard.
He's busy for three hours, so do what I suggest.
Put down those logs a while. You really need to rest!"
Ferdinand refused, "The sun will set before I'm done,
I cannot stop, dear mistress. My toil has just begun."
"Then let me help," she argued. "I'll haul them for a while."
"I would rather break my back," he answered with a smile.
"What is your name?" he asked. "I really need to know!"
"Miranda," she confided, "though I should not tell you so."

ℓ.1 abode 住まい　2 tote 持ち運ぶ　load 積み荷　4 order 命令　disregard 無視する　5 suggest 提案する, すすめる　6 log 丸太　while 少しの時間　7 refuse ことわる　set (月, 太陽が) しずむ　I'm done (仕事などが) 終わった　8 mistress 女主人, 奥さま (呼びかけ)　toil 骨の折れる仕事　9 argue ときふせる, 主張する　haul 運ぶ　for a while しばらくの間　10 would rather むしろ～したいと思う　back 背骨　12 Miranda
*ラテン語で「ほめたたえられる」の意

「おお、ミランダ。その名のとおり、ほめたたえずにはいられない。
あなたは今まで出会ったどんな女性ともちがいます。
非のうちどころがない、たぐいまれな人。あなたは最高の女性です。
あなたをひと目見た瞬間、わたしの胸は高波に揺さぶられるようでした。
あなたのおそばへ飛んで行き、あなたに仕える奴隷になりたいと思ったのです」
「結婚してくださるというのなら、あなたの妻になります」ミランダは誓います。
ファーディナンドはひざまずいて言います。「わたしはこのとおり、
いつも変わらずあなたの足元にひれ伏します」
こうしている間、あたりにだれもいないと2人は思いこんでいました。
2人を見守る者がいることなど、まるで気づきもしませんでした。
愛の場面の一部始終をかげから見ていたのはプロスペロー。
プロスペローにはこの恋が、どんな宝にも
まさる貴重なものに思えました。
「こんなにうれしいことはない。
神よ、この2人に祝福を！」
プロスペローは安心しました。
2人の気持ちを試してみて
本物の愛だと確信したのです。

Shannon Campbell (age 10)

"Admired Miranda! You are different from the rest.
So perfect and so peerless. Of all women, you're the best.
The instant that I saw you, it was like a tidal wave,
My heart flew to your service, and I became your slave."
"I am your wife," she promised, "if you will marry me."
Ferdinand fell upon his knees, "And I thus humble be."
Now all this while the lovers thought they were alone,
Little did they know they had a chaperon.
Prospero stood watching this tender scene unfold.
To him their love was precious as the finest, rarest gold.
"It is a joyous day! This union must be blessed."
His heart was satisfied, for they both had passed the test.

ℓ.1 admire あがめうやまう,崇拝する the rest その他の人々 2 perfect 完全な,すばらしい peerless (ほめて)くらべるもののない 3 The instant that ～ ～するとすぐ tidal wave 津波,高波 4 service (家来が主人に対して)つくすこと 5 marry ～と結婚する 6 fall(fell) upon his knees ひざまずく thus このように humble へりくだった And I thus humble be = And I am thus humble 7 all this while これまで alone 2人きりで 8 Little did they know = They little knew すこしも知らなかった chaperon つきそい役,お目付け役 9 tender 愛情のこもった 10 precious 貴重な rare(rarest) たぐいまれな 11 joyous とてもうれしい union (男女の)結びつき be blessed 祝福される 12 be satisfied 満足する

ところが海辺では、またもやもめごとが起きています。
あの気味の悪い3人組が言いあらそっているのです。
自分は島の王さまだとステファノーは思いこんでいます。
キャリバンにとってステファノーは、どんなことでもかなえられる神。
キャリバンはこう言ってあいさつします。
「ご主人さま、ごきげんはどうだね？　あんたの靴をなめさせておくれ。
おれはあんたの言うなりになるよ」
トリンキュローがせせら笑います。「このとんちんかん！
手のつけられないまぬけ野郎だ」
ののしりあったり、いがみあったり、いつまでたってもきりがありません。
ついでにお酒もきりなく飲みます。やがて3人とも酔いがまわってきました。
そこへエアリアルがやって来て、騒ぎはいっそう
大きくなります。
キャリバンがひざをついて、ぐちを言いはじめます。
「おれはこの島をだまし取られた。どうにも
ならなかったんだ」
「嘘をつけ！」エアリアルが道化師トリンキュローの
声色を使って文句をつけます。

Stephano

Kate Vanstone (age 10)

But trouble was brewing, back by the sea.
There was arguing among the gruesome three.
Stephano fancied he was the island's King.
To Caliban he was a god, and could do anything.
"How does thy honour? Let me lick thy shoe!"
Trinculo jeered, "Ignorant fool! You haven't got a clue."
The sneering and bickering went round and round.
So did the bottle. Soon all were half-drowned.
Then Ariel arrived, and added to the din.
Caliban was kneeling, his story to begin,
"I was cheated of my island. I did not have a choice."
"Thou liest!" whined Ariel, but in the jester's voice.

ℓ.1 trouble もめごと　brew (あらしなどが)起こる　2 arguing 言いあらそうこと　gruesome 気味の悪い　3 fancy(fancied) 心にえがく　5 How do(does)? やあ，こんにちは　thy(your) honour 閣下，先生　＊えらい人への呼びかけ　lick ～'s shoes 人のご機嫌取りをする，言うなりになる　6 jeer 冷やかす　ignorant なにも知らない，無知な　have not got a clue 能力がない　7 sneering あざけること　bickering 言いあい　go round くりかえされる　8 So did ～ ～もまたそうである　drowned (酒に)おぼれて　9 add to 増やす　din やかましい音　10 his story ～ = to begin his story　11 was cheated of ～をうばいとられる　not have a choice 選ぶ自由がない　12 liest 嘘をついた　＊liedの古い言い方　whine ぶつぶつ泣き言を言う

キャリバンはトリンキュローに言い返します。「嘘なんかついてねえ！」
「おれはなにも言ってないぜ」トリンキュローはだまっていられません。
「ぬれぎぬだ」
「いいかげんにしろ」ステファノーは２人をなだめようとします。
「化け物キャリバン、話をつづけろ。そんな口げんかはやめるんだ」
キャリバンはまた話しはじめます。次から次へとまくしたてます。
「ステファノー、おれのご主人さまなら、もとの主人を殺してくれなきゃ」
「嘘をつけ！」またしてもエアリアルがトリンキュローの声でさけびます。
３人のいさかいがますますはげしくなること。それがエアリアルのねらいです。
とうとうトリンキュローが手をふり上げます。「なんにも言っちゃいないって
いうのに！
こいつは酒のせいにちがいない。おまえ、頭がおかしくなっちまったんだ」
ちょうどその時､胸にせまるようなメロディーがどこからともなく流れてきました。
３人のもうろうとした頭には、なにがなにやらわかりません。
笛と太鼓のメロディーが低くかすかに聞こえます。
３人組はその音について行かずにはいられません。

Caliban turned on the jester, “I do not lie!”
“I said nothing!” chided Trinculo, “Your charge, I deny!”
“Quiet!” shouted Stephano, trying to keep the peace.
“Proceed, servant-monster. This argument must cease!”
Caliban continued, his words rushing faster,
“Stephano, to be lord, you must murder my old master!”
“Thou liest!” Ariel cried again, sounding like the jester,
Hoping their discord would grow and fester.
Trinculo threw up his hands, “I didn’t say a word!
It must be the drink! Your thoughts are all blurred.”
Just then a haunting tune echoed through the air.
But they were too confused to sort out this affair.
The music on the pipe and drum was low and hollow,
And the drunken trio felt they had no choice but follow.

Anika Johnson (age 8)

ℓ.2 chide 小言を言う charge とがめること Your charge, ～ = I deny your charge 3 keep the peace 秩序を守る 4 proceed (中断した話を)続ける argument 口げんか cease やめる 5 rush いきおいよく流れる 6 murder 殺す 8 discord 仲たがい fester (怒りなどが)大きくなる 9 throw(threw) up his hand 手を上げる 10 drink 酒 thoughts 考えること blurred ぼんやりした 11 just then ちょうどそのとき echo (音が)こだまする 12 confused 混乱した sort out 理解する affair 事件 13 pipe 笛 hollow 弱々しい 14 drunken 酔っぱらった trio 3人組 have no choice but ～するよりしかたがない

海辺で３人組の茶番劇がくりひろげられているころ、
海岸からずっとはなれた所では、王のお付きたちが疲れきったようす。
ゴンザーローが苦しげな声で言います。「ここで休ませてください。
もうこれ以上、歩けません。年老いた体が痛くてなりません」
アロンゾー王とて同じです。「わたしもくたびれはてた。
これ以上、王子をさがしてもむだのようだ。
わたしは長いこと眠っていない」
これを聞いたアントーニオはあわててセバスチャンを
そばに呼びます。
２人を殺す計画をつめようというわけです。
「今夜にしよう」アントーニオが冷たく言い放ちます。
「みな疲れはてていて、寝ずの番などできないはず」
「よし、今夜だな」セバスチャンが答えたところで、
２人の話がとぎれます。
おごそかな調べ、心にしみるようなふしぎな
メロディーが聞こえてきたのです。

Gonzalo

Robyn Lafontaine (age 9)

As this absurd scene on the shore transpired,
Back inland, the courtiers were tired.
Gonzalo groaned in agony, "I must take a break!
I can go no further, Sir. My old bones ache!"
King Alonso moaned, "I am weary, too!
My search is hopeless. Sleep is long overdue."
Antonio quickly pulled Sebastian to his side.
Their evil plans of murder must be clarified.
"Let it be tonight!" Antonio's voice was hard.
"They are so exhausted, they won't be on their guard."
"Tonight!" agreed Sebastian, but then their talk abated.
They heard solemn music, and felt strangely agitated.

ℓ.1 absurd こっけいな 2 inland 内陸へ courtier 宮廷に仕える人,廷臣 3 agony 苦痛 take a break ひと休みする 4 ache 痛む 5 weary 疲れた 6 long overdue 長いことのびのびになった 8 murder 殺人 be clarified 明らかになる 10 exhausted 疲れきって 11 abate 中止する 12 solemn おごそかな agitated 心をかき乱されて

もの悲しいメロディーはしだいしだいに大きくなって、
やがてあたりにひびきわたります。
とつぜん、どこからともなく妖精たちが現れ、
くだものや肉をいっぱいのせたテーブルを運んできました。
どうぞめしあがれと、妖精たちは人間に手招きをしています。
豪華なごちそうのまわりを、妖精たちは輪になっておどります。
それからそろってていねいなおじぎをして、妖精のダンスは終わりました。
現れたのも突然なら、消える時もまたたく間。妖精はたちまちかすみの中に消えました。面くらった人間たちは、おびえて身を寄せあいます。
アロンゾー王がうたがわしそうに言いました。「この食べ物を口にしてはならぬ」とはいえ、こんなおいしそうなにおいがしたら、がまんできる人など1人もいません。
だれもがごちそう目ざして、まっしぐら。ごちそうに近づくほどに、ますますお腹がすいてきます。

Ashley Kropf (age 10)

The sombre sounds grew loud, and pervaded the air.
Suddenly, phantoms appeared out of nowhere.
They carried a table, laden with fruit and meat,
And beckoned the men to partake of the treat.
They circled and danced around the glorious food.
Then each bowed politely, to end the interlude.
As quickly as they came, they dissolved into the haze.
The nobles clung together, in a frightened daze.
King Alonso frowned, "We must not eat this meal!"
But the tantalizing smells held irresistible appeal.
The men moved quickly towards the banquet feast,
And with each step closer, their hunger increased.

ℓ.1 sombre 悲しそうな pervade 一面に広がる 2 phantom ゆうれい out of nowhere どこからともなく 3 laden with どっさり積みこんだ 4 beckon 手招きする partake of (食事を)共にする treat ごちそう 5 circle 回る glorious すてきな 6 bow おじぎをする politely 礼儀正しく interlude 劇の幕間の演芸 7 dissolve 消える haze かすみ 8 nobles 貴族 cling(clung) together ぴったり寄りそう in a daze 茫然として 9 frown 顔をしかめる 10 tantalizing (欲望を)かきたてる irresistible おさえられない hold appeal 魅力がある 11 banquet 宴会 feast ごちそう 12 with ～につれて hunger 空腹 increase 増える

やがて空が暗くなりました。木々の枝は低くたわみ、
風がはげしく吹きはじめます。
１羽の不気味な鳥が空から舞いおりて、
食べ物をうばおうとするハゲタカのように、みなの頭の上で羽ばたきます。
なんと大きな鳥でしょう。両の目が怒りに燃えています。
ぞっとするような声で怪鳥が鳴くと、生き物たちはいっせいに縮みあがりました。
鋭くとがったかぎ爪が、空中できらりと光ります。
どこから見てもこの鳥は、悪夢からぬけ出してきた
怪獣としか思えません。

Shannon Campbell (age 10)

The sky grew dark, the branches bowed low,
A furious wind began to blow.
A hideous bird swooped into sight,
And hovered above, like a parasite.
It was a huge beast, with blazing eyes.
All creatures shrank from its terrible cries.
Its razor sharp talons glistened in the air.
'Twas truly a monster, from a nightmare.

ℓ.1 branch 木の枝 2 furious はげしい 3 hideous とても大きい swoop 空からさっと舞い下りる 4 parasite 他人にたかる人, やっかい者 ＊シェイクスピアの原文では「ハーピーのように」とある。ハーピー(またはハルピュイア)とは、ギリシャ神話に登場する女性の頭と鳥の体をもつ飢えた怪物。ここでは強欲なイメージをもつ「ハゲタカ」とした 5 blazing 怒りくるった 6 creature 生き物 shrink(shrank) from ～からしりごみする, いやがる 7 razor-sharp するどい talon 大きなかぎ爪 glisten ぴかぴか光る 8 nightmare 悪夢 'Twas = It was

身の毛もよだつ声をあげ、怪鳥はテーブルめがけておそいかかります。
するとみなの見ている前で、ごちそうがあとかたもなく消えさりました。
アロンゾー王とお付きの者たちは、すくみあがり、
たがいに抱き合ってふるえるばかり。
怪鳥の声がひびきわたります。「3人の罪人たちよ。
自分の利益だけを追い求め、なにもかも手に入れようとしたおまえたち。
だから正気を失わせてやったのだ」巨大な鳥は声をふりたてます。
殺されてなるものかと、3人は剣をぬきます。
ここで、またしてもプロスペローが魔法の力をふるいます。

プロスペローは近くの丘の上から、じっと
成り行きを見ていたのです。
こうして憎むべきプロスペローの敵は、まんまと
とらえられました。
実はこの鳥の正体はエアリアルだったのです。

Shannon Campbell (age 10)

It pounced on the table with blood-curdling cries,
And all the food vanished before the men's eyes.
The King and his nobles were horrified,
As they huddled together, side by side.
The creature shrieked, "You are three men of sin,
Thinking only of yourselves and playing to win.
I have made you mad!" the great bird roared.
Fearing death, each man drew his sword.
But once again Prospero was in control,
Observing the scene from a nearby knoll.
His enemies had been caught by surprise.
The bird was really Ariel, in disguise.

ℓ.1 pounce とつぜんおそいかかる blood-curdling 血も凍るほどおそろしい 2 vanish 消える 3 were horrified ぞっとする 4 huddle together 体を寄せあう side by side ならんで 5 shriek 悲鳴をあげる 6 play (いたずらなどを)しかける 7 mad 気のふれた roar うなる 10 observing 見守りながら nearby 近くの knoll 小山 11 by surprise 不意をついて 12 in disguise 変装した

「思い出すがよい」鳥の姿をしたエアリアルがさけびます。「おまえたち３人は
プロスペローと罪のない子供を海におきざりにした。
その不正な行いの報いを受けるのだ。
おまえたちに天罰が下るであろう」
そう言って恐ろしい鳥は空のかなたへ消えていきました。
ふたたび妖精たちが現れて、手ぎわよくテーブルを
運び出します。
アロンゾー王がうめきます。「犯した罪を
恥じる思いは、けして消えることはない。
ああ、なんとおそろしい言葉。
いま聞こえたのは、風や波がわたしの罪を
あばきたてる言葉だ。
海の底に眠る息子をさがしもとめ、共に泥に
まみれて死んでしまいたい」
プロスペローは胸をなでおろします。「やつらは
もうわたしの思いのまま。わたしの魔法が
みごとにきいた。悪党どもは降参した！」

King Alonso

Sydney Truelove (age 8)

"Remember," Ariel shrieked, "that you three
Exposed Prospero and his innocent child to the sea.
And for your foul deeds, you shall pay,
This will be your judgment day!"
Then the frightening bird vanished into the air,
As the spirits removed the table with flair.
King Alonso moaned, "My shame shall never ease.
Oh, what monstrous words are these!
The wind and the waves spoke of my crime,
I shall join my son, in the mud and the slime."
Prospero was contented, "They are in my power!"
My high charms work. The guilty cower!"

ℓ.2 expose 危険にさらす innocent 無邪気な 3 deed 行い pay ～に対して罰をうける 4 judgment 天罰 5 frightening ぎょっとさせるような 6 remove 取り去る flair スマートさ，センスの良さ 7 shame 恥ずかしい思い ease やわらぐ 8 monstrous とほうもない 9 crime 罪 10 join (人と)落ち合う mud 泥 slime へどろ 12 high 強い力をもつ the guilty 罪を犯した人々 cower (恥ずかしさで)ちぢこまる

ところでプロスペローは、ミランダのことを思うと嬉しくてなりません。
ファーディナンドの愛は本物だとプロスペローはかたく信じています。
ファーディナンドはあいかわらず、材木運びに精を出していました。
そこへプロスペローがにこやかに近づいていきます。
やさしい顔つきのプロスペローを見て、ファーディナンドはとまどいました。
でもプロスペローの言葉を聞くと、胸をおどらせます。
「もうおまえたちの結婚をのばす必要はない。
わが娘は天下晴れておまえのものとなる」
それからプロスペローはエアリアルに命じます。
「すべての妖精たちを呼び集めろ。
今までだれも見たことのない
最高の魔法の世界を作りだすのだ」

Anika Johnson (age 8)

But now his thoughts turned to Miranda with cheer.
He was convinced Ferdinand's love was sincere.
The Prince was still toiling at the woodpile,
When Prospero approached him with a smile.
Ferdinand was startled by this look of goodwill.
And the old man's message gave him a thrill,
"Your wedding we will no longer postpone.
Here, before heaven, she is thine own."
Then he spoke to Ariel, "Summon my sprites.
We'll take an illusion to new magical heights."

ℓ.2 was convinced かならず~だと思っている sincere 本心からの 3 toil 一生けんめいに仕事をする woodpile 材木の山 5 look 顔つき goodwill 好意 6 thrill わくわくすること 7 no longer もう~ではない postpone おくらせる Your wedding ~ = We will no longer postpone your wedding. 8 thine own = your own あなたのもの 9 summon 呼び出す 10 illusion まぼろし height 絶頂, 最高の状態

たちまちのうちに、プロスペローの言ったとおりになりました。
きらりきらめく妖精たちが列になって登場です。
妖精たちはおどりながら、ていねいにごあいさつ。
これから行われる結婚式を祝って歌をうたいます。
恋する２人は、ふしぎなショーをうっとりとながめます。
最初に出てきたのは虹の女神アイリス。
つづいて実りの女神シーリーズ。
つぎは空の女王ジュノー。
さらにたくさんの
妖精たちが２人の
恋を祝福します。
水の精と刈り入れ
の農夫も優雅に
おどりだしました。
ところが結婚式の
場面になると急に
ようすが変わりました。
プロスペローが怒り
に燃える顔で立ち
上がったのです。

Bronwen Summers (age 9)

Within moments, Prospero's words proved true,
And shimmering spirits passed in review.
They each bowed low, as they danced along,
To honour the coming wedding in song.
The lovers were entranced by the wondrous show.
First, there was Iris, goddess of the rainbow.
Then Ceres, the messenger of harvest, drew nigh,
Followed by Juno, queen of the sky.
Still more spirits blessed the new romance.
Nymphs and reapers began a graceful dance.
But now, the scene changed on the wedding stage,
As Prospero arose in a furious rage.

ℓ.2 shimmering かすかに光る pass in review 列になって行進する 4 honour 敬意を表す coming やがて来る 5 entranced うっとりする wondrous ふしぎな 6 goddess 女神 7 messenger 使いの者 harvest 収穫 nigh = nearの古い言い方 draw(drew) nigh 近づく 9 bless 祝福する 10 reaper (作物を)刈り取る人 graceful 優美な 12 rage はげしい怒り

キャリバンが自分を殺そうとしていることを、プロスペローはとつぜん思い出しました。
「まもなくやつらがやってくる」プロスペローはいても立ってもいられません。
でもこみあげてくる自分の怒りが、みなを恐がらせているのに気づき
プロスペローはファーディナンドとミランダをなだめようとします。
プロスペローは手をさしのべて2人に言ってきかせます。
「さあ、元気をおだし。楽しいひと時はこれで終わりだ。
あの妖精の役者たちは大空の中へ消えていった。
見せかけだけのまぼろしの、すばらしい世界が消えたように、
この巨大な地球さえもいつかは
消えていく。
夢は、はかないまぼろしの織物。
われら人間も夢と同じ糸で織られている。
つかの間の一生は眠りによって
幕が下りるのだ。
わたしの弱さを許してほしい。
さあ、悲しむのはおやめ」

Prospero

He remembered Caliban and his murderous plot,
"They'll be here soon." Prospero was distraught.
When he saw his fury was causing duress,
He tried to calm the lovers' distress.
He beseeched the two, with arms extended,
"Be cheerful. Our revels now are ended.
These our actors, are melted into air,
And, like the baseless fabric of this vision rare,
The great globe itself shall one day be gone.
We are such stuff as dreams are made on,
And our little life is rounded with a sleep.
Bear with my weakness. Come, do not weep."

Michelle Stevenson (age 11)

ℓ.1 murderous plot 殺人計画 2 distraught 取り乱した 3 duress 強迫 4 distress 心配 5 beseech 心から願う with arms extended 手をさしのべて 6 revel 浮かれさわぎ 7 actor 役者 are melted とけて消された 8 baseless 根拠(理由)のない fabric 織物, 構造 9 globe 地球 gone 行ってしまった, 死んだ 10 such ~ as ~であるような stuff もの 11 is rounded with ~でしめくくる 12 bear with がまんする Come さあ(はげましの言葉とともに) weep 悲しむ

プロスペローはエアリアルを呼びよせます。
「まぬけなよっぱらいどもを、どこにおいてきた？」
「はい、ご主人さま。イバラのしげみの中で迷わせてやりました。
いまは近くのどぶ池にはまって、あがいています」
「でかしたぞ、エアリアル。もう、やつらを自由にしてやれ。たのむぞ。
そして、あたりの木々に大公の服をつるすのだ」
あっという間にエアリアルは２つの任務をはたしました。そして３人が
騒ぐようすを見とどけようと、プロスペローと共にものかげにかくれました。
それほどたたないうちに、３人がおぼつかない足どりでやってくるのが見えました。
トリンキュローがさけびます。「ステファノー、おまえにおあつらえむきの服を
見つけた！」トリンキュローはその服を着て王冠もかぶりました。
ステファノーが文句をつけます。
「おれだぞ、その服を着るのは！」
「あんたたち、頭がおかしいんじゃないか？
あんなもの、ごみ同然だよ」
キャリバンが悪態をつきます。
「そんな服、放っておけよ。
まず人殺しをすませなきゃ」

Laura Bates (age 8)

Prospero summoned Ariel to his side,
"Where do the drunken fools abide?"
"My lord, through briers, I led them astray.
They're now mired in a filthy pond, not far away."
"Well done, my Ariel, release them if you please,
And hang royal garments on all these trees."
Both commands, Ariel quickly obeyed,
Then hid with Prospero to observe the charade.
They didn't wait long. In stumbled the three.
"Stephano," the jester cried, "a wardrobe for thee!"
Trinculo donned a cloak and added a crown.
Stephano grumbled, "I wanted that gown!"
"Thou fool, it is but trash!" Caliban cursed.
"Let it alone. And do the murder first!"

ℓ.2 abide (場所に)とどまる 3 lord 支配者,主人 brier イバラのやぶ lead(led) 〜 astray 人を迷わせる 4 are mired ぬかるみにはまる filthy きたない 5 well done よくやった release ときはなす if you please どうか 6 hang つるす 8 charade ばからしい見え透いたこと,こっけいな茶番 9 In stumble 〜 = The three stumbled in. 10 wardrobe 衣装 11 don (服を)着る 13 but ただの,ほんの trash ごみ curse ののしる 14 let 〜 alone 〜を放っておく

そこへとつぜんおそろしいもの音が。
猟犬の荒々しい遠ぼえの声です。
犬たちは森をぬけ、３人めざしてまっしぐらに突進してきます。
酔っぱらいの３人組は服をほうりなげて、一目散。
真っ青になって悲鳴をあげながら、必死であたりを逃げまどいます。
猟犬どもは３人のすぐうしろで、歯をむいてほえたてています。
プロスペローはまるで狩人のように、猟犬をけしかけます。
これもプロスペローのしかけた魔法。プロスペローは魔法の名人なのです。
「わたしの計画もいよいよ山場にさしかかった。
魔法は順調に効いているようだ」プロスペローが
言います。
「おい、エアリアル、最後にもうひとはたらき
しておくれ。これでわたしの仕事もすべて終わる」

Anika Johnson (age 8)

Suddenly, nearby, came horrible sounds,
The savage howling of hunting hounds.
They crashed out of the forest, lunging ahead.
The drunkards dropped the clothes, and hastily fled.
They roared in terror, as they raced through the fields,
With the wild dogs snarling at their heels.
Prospero, like a huntsman, urged the pack run faster.
This was his magic, for he was the master.
"Now does my project gather to a head,
My spells are working," Prospero said.
"Do this final service, Ariel, my friend,
And shortly, shall all my labours end."

ℓ.1 suddenly とつぜん 2 savage 野蛮な howling (犬が)遠ぼえすること hunting hound 猟犬 3 crash いきおいよく突進する lunge 飛び出す 4 drunkard 酔っぱらい clothes 衣服 hastily 急いで flee(fled) 逃げる 5 roar わめく race 走りまわる 6 with the wild dog ～ 犬が～した状態で snarl 歯をむいてうなる at their heels かれらのすぐうしろで 7 huntsman 猟師 urge しきりに～するようにせきたてる pack (猟犬の)一群 9 project 計画 gather to a head 頂点に達する 12 shortly まもなく labour 仕事

「アロンゾー王と供の者たちはどうしておる？」プロスペローが聞くと
エアリアルが答えます。「おおせのとおりにいたしました。
ご主人さまが魔法をとくまで、やつらは身動きひとつできません。
悪党どもは口もきけずに、苦しみあえぎ今にも気がふれそうなようす。
心やさしいゴンザーローは涙にむせんでいます。
ご主人さま、人間でないわたしでさえ、やつらが気の毒になってきました」
エアリアルのやさしさは、プロスペローの心を
動かしました。
そろそろ魔法をとく時が来たと、
プロスペローは思いました。
「さあ、わたしのまじないをとこう。
やつらに五感をとりもどさせ
正気にかえすとしよう」と
プロスペローは言いました。

Elly Vousden (age 8)

"How fares the King and lords?" Prospero inquired.
Ariel replied, "I did what you required.
They cannot move till you grant their release,
They suffer in silence and are not at peace.
Tears run down the good Gonzalo's face.
Though I am not human, I pity them, your Grace."
The spirit's tenderness touched Prospero's soul.
He knew it was time to release his control.
"My charms I'll break, their senses I'll restore,
And they shall be themselves, once more."

ℓ.1 fare ことが運ぶ 2 require 命令する, 要求する 3 grant (許可などを)与える release 解放 4 suffer 苦しむ in silence だまって at peace 安心して 6 human 人間 pity 気の毒に思う your Grace 閣下 7 tenderness やさしさ touch (人の心を)動かす soul 心, 魂 9 sense 感覚, 意識 restore 元にもどす 10 they shall ～に～させよう be themselves (体の調子が)正常である

プロスペローはエアリアルに命じます。「やつらをここへ連れてこい。
さあ、たのんだぞ、エアリアル。やつらに真実を明かすのだ」
エアリアルが任務をはたしに出かけたあと、
プロスペローは地面に輪をかきます。
やがて、取り乱したようすのアロンゾー、セバスチャン、アントーニオが現れます。
地面にえがかれた輪の中で、３人は運命の時を待ちます。
３人はまだ魔法にかかっていて、口をきくことができません。
今こそプロスペローの魔術が最大の力をふるっているのです。
「エアリアル、わたしの王冠、服、そして剣を取ってきてくれ。
わたしはミラノ大公の姿にもどるとしよう」
プロスペローが魔法をとくと、３人はびっくりして目をみはります。
追い出したはずのミラノ大公が目の前に
立っているのですから。
アロンゾー王は涙にむせびながら、
ひざまずいてわびます。
「ミラノ公国をお返ししよう。
わたしの犯した罪をどうか
許してください」

Sydney Truelove (age 8)

He commanded his spirit, "Bring them to me.
Go now, Ariel. The truth they must see."
As his servant departed, duty bound,
Prospero drew a circle on the ground.
The men arrived, in a frenzied state,
And in the circle awaited their fate.
Paralyzed by the spell, they could not speak.
Prospero's power had now reached its peak.
"Ariel, fetch my crown, my robes, and my sword,
The Duke of Milan will soon be restored."
As he lifted the spell, the men gazed in dismay,
There stood the Duke they'd driven away.
The King wept in sorrow and fell to his knees,
"Thy dukedom, I resign. Oh, pardon me please!"

ℓ.2 truth 真実　3 depart 出発する　duty bound = being in duty bound 義務がある　5 frenzied 取り乱した　state 状態　6 await 待つ　7 paralyzed = being paralyzed 手足などが動かせなくなって　8 peak 最高点　9 fetch 行って取ってくる　10 be restored 元の位にもどる　11 lift 解除する　12 There stood ～ ほら、～が立っていた　13 weep(wept) 泣く　14 dukedom 公国 ＊大公や公爵が治めるヨーロッパの小さい国　resign ゆずりわたす　pardon me ごめんなさい

でもプロスペローの目は、やさしいゴンザーローを見つめています。
「ゴンザーロー、おまえの心ははかりしれないほど美しい。
この腕におまえを抱かせてくれ。おまえこそほんとうの友と呼ぶにふさわしい」
ゴンザーローは目を疑います。「ほんとうにプロスペローさまですか？」
プロスペローはアントーニオとセバスチャンをわきへ呼びます。
「おまえたちの王殺しの悪だくみと嘘を、わたしはすべて知っていた。
アントーニオ、おまえの邪悪な行いをわたしは許す。
ただしミラノ公国だけは返してもらう」
つぎにアロンゾー王に言います。
「あなたはなにもかも失ったと
お思いだろう。
悔いあらためたあなたに、ひとつ
おどろくようなことをお教えしよう。
わたしの岩屋をのぞいてごらんなさい。
信じられないものを目にされるはずだ」

Alonso

Ashley Kropf (age 10)

But Prospero was staring at Gonzalo, so kind.
"Sir, your honour cannot be defined.
Let me embrace you, a trusted friend so true."
Gonzalo was stunned, "Prospero, is it really you?"
Prospero took Antonio and Sebastian aside,
"I'm aware of your villainy, and that you both lied.
My brother, I forgive thy deeds so black.
But now I require my dukedom back."
Next, he turned to Alonso, the King,
"I know you believe you've lost everything.
Because you repent, I have a surprise.
Look into my cave and trust your eyes."

ℓ.2 honour 正しい道をまもる心 define 限界をはっきりさせる 3 embrace 抱きしめる trusted 信頼できる 4 was stunned (驚き, 喜びで)ぼうぜんとする 5 take(took) ~ aside わきへ連れていく 6 aware of 気づいて villainy 悪い行い 7 forgive 許す 11 repent 後悔する surprise びっくりさせること

アロンゾー王は岩屋の暗がりに目をこらしました。
プロスペローの岩屋には、たしかに人の気配がします。
なんとそこには、息子のファーディナンドが元気にすわっているではありませんか。
信じていいのでしょうか。それともまたしても魔法でしょうか。
ファーディナンドのかたわらで、若い娘がチェスをさしています。
アロンゾー王の胸に、おさえきれない喜びがこみあげてきました。
「これもまたまぼろしであるのなら、ふたたび報いを受けることになる。
わたしは1人の息子を2度まで失うのだから」
ファーディナンドは顔を上げ、
アロンゾー王の姿を見つけます。
「あれ狂う海にもやさしい心が
あるらしい」ファーディナンドは
喜びの声をあげます。
「わたしはわけもなく海を憎んでいた。
だが失った大切なものが今、
この手にもどった」
ミランダはこのようすを、
うっとりとして見つめます。

Elly Vousden (age 8)

King Alonso peered through the shadows inside.
Prospero's cave was indeed occupied!
There sat his son, alive and well.
Could this be true, or just another spell?
By Ferdinand's side was a girl playing chess.
Alonso felt joy he could not suppress,
"If this prove a vision, I'll pay the price,
One dear son, shall I lose twice!"
Ferdinand looked up, and his father he spied,
"Though the seas threaten, they are merciful," he cried.
"I have cursed them without cause. What's lost is found!"
Miranda was watching the scene spellbound.

ℓ.1 peer じっと見る shadow 暗がり 2 was occupied 住む人がある 3 alive 生きている 4 Could this be true? これはいったいほんとうだろうか 5 chess チェス 6 suppress おさえる 7 pay the price 犠牲(代償)をはらう 9 spy(spied) (かくれているものを)発見する 10 threaten おびやかす merciful 情け深い 11 curse 悪口を言う without cause 正当な理由なく 12 spellbound うっとりとして

「なんてすてきなのでしょう。立派な人間がこんなにたくさん！」
おどろきと喜びに胸をおどらせながら、ミランダは近づいていきます。
「こういう人たちが住んでいるのね。ああ、すばらしい新世界！」
ミランダは声をはりあげます。
アロンゾー王がファーディナンドにたずねます。「おまえによりそっているのは女神か？」
「いいえ父上、わたしたちと同じ人間です。この女性と結ばれたのは、この方のおかげです」
そう言ってファーディナンドはミランダの父を指しました。「こちらは名高きミラノ大公。ミランダのおかげでこの方が、わたしの第二の父になります。ナポリに帰ったら、わたしはミランダと結婚するつもりです」
アロンゾー王もむろん大賛成。
「では、わたしにも美しい娘ができるわけだな。2人の手をとらせてくれ。幸せを心から祈ろう」

Robyn Lafontaine (age 9)

"Oh wonder! How many goodly creatures are there here!"
Miranda marvelled with delight, as she drew near.
"Brave new world that has such people in it," she cried.
The King asked his son, "Is this a goddess by your side?"
"Sir, she is mortal and for her, this man I owe."
He gestured to her father, "The famous Prospero.
This lady makes him my second father," he said.
"In Naples, Miranda and I plan to be wed."
Alonso approved, "And I gain a daughter fair.
Give me your hands. I will bless you both in prayer."

ℓ.1 goodly 立派な,美しい 2 marvel おどろく 3 brave new world すばらしい新世界 5 mortal 人間 for her ～ = I owe this man for her ～のことについて感謝する 6 gesture 手ぶりでしめす 8 be wed 結婚する 9 approve 賛成する gain 手に入れる fair きれいな 10 prayer 祈り

喜びと笑いと楽しさに、あたり一帯がつつまれます。
そんな中にもまだひとつ、やり残したことがありました。
プロスペローがエアリアルに命じます。「酔っぱらいどもを自由にしてやれ。
呪文をといて、やつらをここへ連れてこい」
３人は失敬してきた服をまとったまま、よろよろと歩いてきます。
３人そろって、破れマントによれよれ帽子といういでたち。
「あれはほんとうにわたしの家来だろうか？」アロンゾー王が首をかしげます。
そしてキャリバンを指さし「なんともふしぎな化け物だ！」と言いました。
そのキャリバンはプロスペローを見て、またまたちぢみ上がります。
「酔っぱらいを神さまと思いこむなんて、おれはまったく馬鹿だった」
そのとおりだとプロスペローはうなずいて、こう言いわたします。「許してほしいなら行儀よくしろ」
それからプロスペローは王のお付きの一行をよびます。「岩屋で休まれるがよい。朝になったらナポリに向けて船出するとしよう。帰りの海がおだやかなことを、このわたしがうけあう」

Lisa Hoeg (age 10)

Amidst all this rejoicing, laughter, and fun,
There was still one deed that needed to be done.
Prospero told Ariel, "Set the drunkards free.
Untie the spell! Bring them forth to me."
Still in stolen clothes, they tumbled into view.
Their capes were torn and their hats askew.
"Are those my servants?" wondered the King.
He pointed to the monster, "Now, there's a strange thing!"
Caliban saw his master, and once again was awed,
"I was a fool to mistake a drunkard for a god."
Prospero agreed, "To earn pardon, you must behave."
Then he beckoned to the lords, "Come rest, in my cave.
In the morning, for Naples, we shall set sail,
And I promise you, only calm seas will prevail."

ℓ.1 amidst = amid ～の最中に rejoicing (おおぜいで分かち合う)喜び laughter 笑い fun 楽しみ 4 untie ほどく bring forth 提出する 5 stolen 盗んだ 6 torn やぶれた askew まがった 10 mistake A for B AをBとまちがえる 11 earn (信用などを)得る pardon 許し behave 行儀よくする 12 come rest = come to rest 13 set sail for 船が港を出る 14 calm おだやかな prevail 優勢である

そして最後にプロスペローは、エアリアルをそばに呼びました。
プロスペローの目が満足そうにかがやきます。
「かわいいエアリアル、おまえはほんとうに役に立ってくれた。
さてここで、おまえのたっての願いを聞き入れてやろう。
わたしの魔法の力で、おまえを自由の身にしてやる。
だがおまえのことを、わたしはけして忘れない。
さあエアリアル、こちらへおいで。
いよいよ別れの時が来た」

Ashley Kropf (age 10)

Then for the last time, he called Ariel aside,
Prospero's eyes were filled with pride.
"My dainty sprite, you are a friend indeed,
And now I grant you, your only need.
With my magic power, I set you free,
But in my heart, you shall stay with me.
Come now, Ariel, please draw nigh,
The hour has arrived to say goodbye."

ℓ.1 for the last time 最後に 3 dainty かわいらしい 4 need 必要なもの 7 come now さあさあ

エアリアルはうれしさ半分、さびしさ半分。
ほんとうに、プロスペローとエアリアルは最高のコンビでした。
「2人で苦労したかいがありましたね。
ご主人さま、お名残おしい気持ちでいっぱいです。
自由の身にしてくださったご恩は一生忘れません」
そう言って深々と頭をさげ、音もなく去っていきました。
プロスペローは笑みをたたえています。「おまえの幸せこそ、わたしの願い。
さて、最後の決断をわたし自身でつける時が来た」

Ashley Kropf (age 10)

Ariel was filled with joy and despair,
He and his master had been such a pair.
"We have succeeded in every endeavour,
And, noble Sir, I shall miss you forever.
For my precious freedom, I will always bless you."
Then he bowed his head and quietly withdrew.
Prospero smiled, "In your happiness, I rejoice.
Now it's up to me, to make the final choice."

ℓ.2 such～ とてもよい 3 endeavour 努力，こころみ 4 miss ～がいないのでさびしく思う 5 precious 大切な bless ～ for (親切などに)感謝する 6 withdraw(withdrew) 立ち去る 7 rejoice in 喜ぶ 8 up to 人の義務で

プロスペローは海辺の一番、高い岩にのぼり
月の光を浴びながら語りはじめます。
「むごい魔法も今日かぎり。
魔法のつえも折るとしよう。これが心に誓ったこと」
そしてプロスペローは大切な魔法の本も海に投げこみます。
こうしてはじめてプロスペロー自身も、自由の身となったのです。
２度とふたたびプロスペローが、魔法の力を持つことはありません。
プロスペローはじっと、たたずみます。すべてを捨てて夢だけを胸に秘めた
一人の人間にもどったのです。

Robyn Lafontaine (age 10)

Prospero ascended the highest peak.
Shrouded in moonlight, he began to speak,
"This rough magic, I here abjure,
I'll break my staff. My promise to ensure."
Then he cast his treasured books into the sea,
And for the first time, he too was free.
His power and magic, he could not redeem,
He stood alone, a man with a dream.

ℓ.1 ascend のぼる peak 山頂 2 shroud = being shrouded 包まれながら 3 abjure すてる 4 staff つえ ensure うけあう 5 cast 投げる treasured 大事にされた 7 redeem とりもどす

これでわたしの魔法の力、みんな消えてなくなりました。
残るはこの身の力だけ。
ささやかな力ではありますが、これがわたしのほんとうの姿。
みなさまがたのお許しなくば、わたしはここから動けません。
罪の許しをみなさまがたが、神に祈ると同様に
どうか温かいお心をもって、この身に自由をお与えください。

Anika Johnson (age 9)

"Now my charms are all overthrown,
And what strength I have's mine own,
Which is most faint: now 'tis true,
I must be here confined by you.
As you from crimes would pardoned be,
Let your indulgence set me free."

ℓ.1 are overthrown 廃止した 2 what strength 少ないながらすべての力 mine own = my own 自分自身のもの have's = have is 3 most とても faint 弱々しい 'tis = it is 4 be confined 閉じこめられた 5 As you from～ = As you would be pardoned from crimes 6 indulgence 大目にみること，寛大

お父さまお母さま、先生がたへ

400年の時を経て今なお、世界中で愛されるシェイクスピア。

劇場に足を運びシェイクスピア劇を楽しむ人々は年間でたいへんな数にのぼります。

ところが、子供たちはどうでしょうか。幼い頃からこの素晴らしい世界に親しむ子供は、ほんとうに少数と言わなければなりません。ほとんどの子供は、中高校生になって初めてシェイクスピアに出会うのです。シェイクスピアは子供向きでないと大人たちが決めこんでいるせいなのでしょう。

でもシェイクスピアの面白さや意味は、幼い子供にもそれなりに理解できるはずです。この本を通しお子さんはもとより大人の方々にも、シェイクスピア作品の深い味わいを楽しんでいただけたらと願っています。

本書は、音読にも、子供劇にするにも適しています。

以下に活用方法の手引きを挙げました。お子さんたちとこの本をお読みになる際に役立てて頂けたら幸いです。

ロイス・バーデット

『テンペスト』の手引き

◎イタリアの地図でミラノとナポリを探す。
◎歴史上、名高い難破船を調べてみる。
◎舞台となった島の立体地図をつくり、そこに島の特徴を加える。
◎プロスペローのミラノ追放と難破事故を新聞記事にする。
◎手品や目の錯覚の面白さを皆で体験してみる。
◎作中で魔法が起こした出来事を列挙する。
　全ての魔法の人気投票をして結果をグラフにまとめる。
◎特定の場面を絵に描いてみる。
◎プロスペローの強さと弱さについて話し合う。ミラノ大公、父親、魔術師、島の支配者としての各立場をふまえて、ディベイト形式で討論する。
◎登場人物の名前をひとつ選び、その人の目から見た島のようすを書いてみる。
◎ミランダとファーディナンドの結婚を祝う水の精と農夫のダンスの振り付けを考える。
◎ミラノに戻ったプロスペロー、アントーニオ、アロンゾー王の記者会見を開く。
◎エアリアルの歌に曲をつける。
◎島への船旅を宣伝する観光パンフレットをつくる。
◎プロスペローの魔法のマントのデザイン画を描く。

ウィリアム・シェイクスピアについて

シェイクスピアは17世紀のイギリスですぐれた劇(げき)をたくさん書いた人です。世界で一番有名な劇作家と言ってよいでしょう。ウィリアムは1564年４月（日本では室町(むろまち)時代の終わりころ）イングランド中部のストラットフォード・アポン・エイボンで生まれました。両親の愛情につつまれて幸せな少年時代を過ごし、18歳で結婚(けっこん)して３人の子の父になりました。その後、ロンドンの劇場で俳優(はいゆう)をつとめながら劇を作るようになりました。代表的な作品には喜劇『夏の夜の夢』『十二夜』『ベニスの商人』、四大悲劇とよばれている『ハムレット』『オセロ』『リア王』『マクベス』のほか『ロミオとジュリエット』『リチャード三世』があります。また「ソネット」などの詩も書いています。当時、おもにロンドンのグローブ座という劇場で上演されていたシェイクスピア劇は、人々の間で大きな人気を博(はく)しました。亡くなる前の数年は故郷(こきょう)ストラットフォードで静かに暮らしながら作品を書きつづけ、1616年４月23日に52歳でこの世を去りました。

400年たった今でもシェイクスピアの作品は世界各国で毎年のように上演され愛されつづけています。

Elly 8yrs. old

原作の『テンペスト』

『テンペスト』が書かれたのは1611年頃。シェイクスピアが単独で書いた最後の作品です。ロマンス劇と呼ばれる晩年期の作品群中、最大の傑作として高く評価されています。舞台となった島や難破船の描写については、当時、英国民の関心を集めていた北米バミューダ島沖の海難事故を参考にしたと言われています。嵐に遭って座礁した船の乗組員たちが何ヶ月間かバミューダ島で過ごしており、その際の体験記と良く似た表現が『テンペスト』に見られます。

ミラノ大公プロスペローは、弟とナポリ王の陰謀により幼い娘と共に荒海に流されます。九死に一生を得て、とある孤島に漂着したプロスペロー親子に12年後、復讐のチャンスが到来します。得意の魔術で弟たちを乗せた船を難破させ、彼らを錯乱状態に陥れるプロスペロー。しかし最後に過去の恨みを捨てて弟たちを赦し、娘をナポリの王子と結婚させ、そして自らも島を離れミラノ大公として再出発する決意をするのです。

特筆すべきは、この作品の構成です。物語のすべての展開は魔術を使うプロスペローが決定しています。自ら決めた筋書きに沿って登場人物を意のままに動かすプロスペローは、あたかもこの劇の作者のようです。登場人物が去り魔術も捨て去った最後の場面で、プロスペローははじめて一人の登場人物、一人の役者にもどります。そして舞台を下りて現実の世界へもどる許可を観客に請い、劇の幕を閉じるのです。巻末の結びの言葉には、こうした意味がこめられています。また、この時期、シェイクスピアが引退して故郷に戻ったことと関連づけて、シェイクスピアがプロスペローを通し執筆活動に終止符を打つ意志を表明したと見る批評家もいます。

不思議なもの、ロマンティックなもの、醜悪なものと、変化に富んだ要素がみごとな調和をみせて、美しい世界を織り上げています。シェイクスピアの類い稀な想像力が遺憾なく発揮された作品といえましょう。

いっぽうで、島の世界は人生や人間社会を映し出します。復讐に燃えるプロスペローの心の嵐（テンペスト）を静めたのはミランダと王子の純愛の美しさ、妖精エアリアルのやさしさです。憎しみや怨念を乗り越えた彼方に、プロスペローは心の平安と希望に満ちた新世界を見出しました。不思議な島の物語が「和解と再生の劇」として時代を越え読む人の胸を打つ理由は、ここにあるのでしょう。

訳者あとがき

本書をふくむシリーズ、「シェイクスピアっておもしろい！」は単なるあらすじ紹介の本ではありません。文中にはシェイクスピアの原文がいたるところに散りばめられています。世に広く知られるいわゆる「有名な台詞」もふんだんに盛りこまれています。端正な文体からは、シェイクスピア作品の香り、独特のユーモア、言葉あそびの楽しさが伝わってきます。お子さんたちが無理なく理解できる範囲で、みごとにシェイクスピアの世界を再現していると言えましょう。

原文はシェイクスピアのリズムを伝えるべく、すべて二行連句（二行一組で脚韻を踏む韻文）で書かれています。翻訳では言語構造の壁にはばまれて語呂あわせや駄じゃれの醍醐味をじゅうぶんにお伝えできないのが、もどかしいかぎりです。なお翻訳にあたって、解釈に諸説あるシェイクスピア原文の引用箇所は、当然ながら本書著者の解釈に従いました。またシェイクスピア独特の表現や難解な比喩は、年齢を考慮して平易な訳文を心がけました。脚注については、文脈にそった語句の意味だけを記しました。語句によっては、古語や現在あまり使われていない古い語義もありますのでご注意ください。

本書は国語や英語だけでなく、総合教育、情操教育の教材としても最適だと思います。活用方法は、手引きを参考になさってください。それ以外にもアイディア次第で使い方は無限に広がっていくことでしょう。

この本に出会ったお子さんが、魅惑の世界に分け入ってシェイクスピアの素晴らしさを体感してくださることを願っています。

2007年５月

鈴木扶佐子

訳者紹介

鈴木　扶佐子（すずき　ふさこ）

神奈川県横浜市に生まれる。慶應義塾大学文学部英文学科卒。

主な訳書・共訳書に『誇り高き日本人でいたい』（アートデイズ刊）、『大歩行』『エヴェラルドを捜して』（新潮社刊）など。

参考文献

＊高橋康也・大場建治ほか編　『シェイクスピア辞典』（研究社　2000）

ご注意

本書を公開の場で上演ご希望の場合、著者の許可を得る必要があります。

●連絡先●E-mail：lburdett@shakespearecanbefun.com

シェイクスピアっておもしろい!
こどものための テンペスト

2007年７月１日　発行

著　者　ロイス・バーデット
訳　者　鈴木扶佐子
装　丁　静野あゆみ
発行者　宮島正洋
発行所　株式会社アートデイズ
〒160-0008 東京都新宿区三栄町17 四谷和田ビル
Tel 03-3353-2298
Fax 03-3353-5887
http://www.artdays.co.jp
印刷所　凸版印刷株式会社

乱丁・落丁本はお取替えいたします。

<シェイクスピアって、おもしろい!> シリーズ

Shakespeare Can Be Fun!

天才シェイクスピアの傑作を子供のために書き直し、
世界中で絶賛されたバーデット先生の
労作シリーズを翻訳刊行

ロイス・バーデット 著　鈴木扶佐子 訳

5作品
同時刊行!
各巻1800円（税込）

こどものための ハムレット

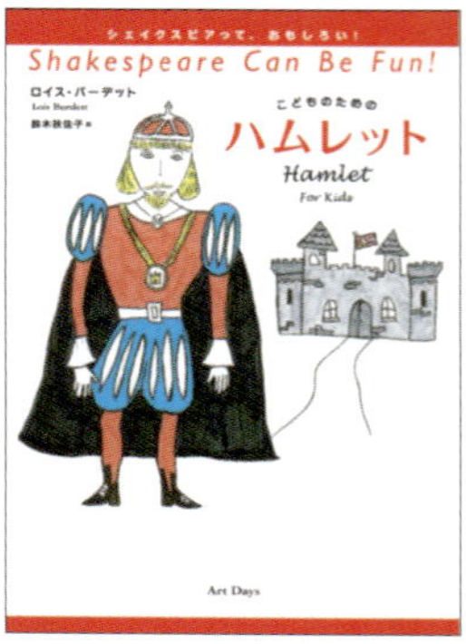

青年期の
悩める人間像を描く
シェイクスピアの
最高傑作

こどものための 夏の夜のゆめ

夢に操られた人々が
つくり出す
華麗なファンタジー

こどものための ロミオとジュリエット

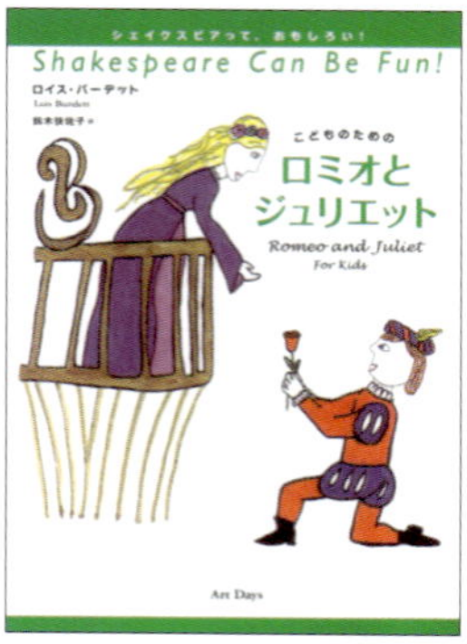

時代を超え
読み継がれてきた
余りにもはかなく
美しい恋物語

こどものための テンペスト

人間愛をうたいあげた
シェイクスピア
最晩年の大作

こどものための マクベス

罪の意識と
良心の間で揺れる
勇将の心理を描いた
四大悲劇の一つ